DREAMBOOKS

정령의 펜던트

발렌 판타지 장편소설

ORIGINAL FANTASY STORY & ADVENTURE

dream
books
드림북스

정령의 펜던트 14 협곡 도시

초판 1쇄 인쇄 2021년 6월 7일
초판 1쇄 발행 2021년 6월 21일

지은이 발렌
발행인 오영배
편집 편집부
일러스트 보살
만화 빅피
표지 · 본문 디자인 오정인
제작 조하늬

펴낸곳 (주)삼양출판사 · 드림북스
주소 서울시 강북구 도봉로 173
대표 전화 02-980-2112 **팩스** 02-983-0660
편집부 전화 02-987-9393 **팩스** 02-980-2115
블로그 blog.naver.com/dreambookss
출판등록 1999년 3월 11일 제9-00046호.

ISBN 979-11-283-9861-2 (04810) / 979-11-283-9513-0 (세트)

드림북스는 (주)삼양출판사의 판타지 · 무협 문학 브랜드입니다.

14
발렌 판타지 장편소설
ORIGINAL FANTASY STORY & ADVENTURE
◆ 협곡 도시 ◆
정령의 펜던트
dream books
드림북스

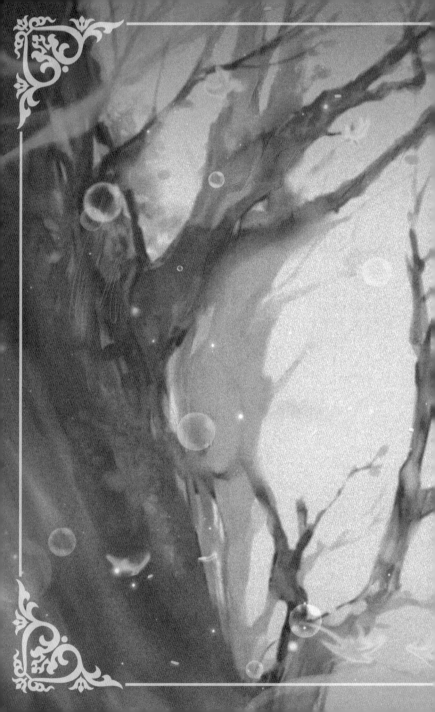

목차

Chapter 1.
거래 성립

1.

"여긴 뭐 하러 왔어?"

일행과 달리 데스는 마황의 기운을 진즉부터 느끼고 있었다. 별로 달갑지 않은 존재가 나타나자 그는 얼굴을 일그러뜨리며 못마땅한 기색을 숨기지 않았다.

"데스, 넌 형을 보고 인사도 안 하는 거냐?"

"내가 다시는 그딴 말 입에 담지 말라고 경고했을 텐데."

"네놈 경고가 언제 나한테 먹힌 적이 있었던가?"

크루델리스가 시답잖다는 듯 대꾸하더니 난간으로 걸어가 라예가르와 세라리카를 물끄러미 응시했다. 그의 등장을 알아차린 듯 라예가르 역시 이쪽을 바라보고 있었다.

"파란 도마뱀 아가씨가 크게 한 건 하셨군. 로드까지 납시었으니 꽤 골치 아프겠어."

"폐하, 외람된 말씀이오나 저희가 조약을 깬 것은 아니옵니다. 드래곤 측에서 문제 삼을 만한 행동은 하지 않았으니 너무 심려 마십시오."

"아몬."

"예, 폐하."

"주변에 마기가 이렇게 풀풀 풍기는데, 나보고 지금 그 말을 믿으라고? 데스랑 놀더니 너도 내가 만만해진 거냐?"

"폐하, 그게 아니오라…… 지금 폐하께서 느끼고 계신 그것은 저희의 힘이 아니옵니다."

"그게 무슨 말 같지도 않은 소리야? 네놈들이 아니면 누가 이런 기운을……!"

크루델리스의 말이 중간에 멈추었다. 화들짝 놀란 그가 바율을 향해 획 돌아섰다.

"……!"

그 갑작스러운 행동에 바율은 저도 모르게 움찔했다. 등장부터가 심상치 않았던 상대와 눈이 마주치자 심장이 오그라드는 듯한 기분이었다.

섬뜩한 아름다움이라고 해야 할까?

모든 것이 검은 데스와 달리, 마황 크루델리스는 투명하리만치 하얀 피부에 머리칼, 눈동자를 소유한 인물이었다. 어디 그뿐인가. 입고 있는 옷뿐 아니라 심지어 입술까지도 온통 하얀 사내였다.

마치 온몸에 서리가 내린 듯한 차가운 냉혹 미남.

그가 묘한 눈빛으로 바율을 한참 쳐다보는가 싶더니, 돌연 성큼성큼 다가와 한 손으로 바율의 목을 틀어쥐었다.

"너, 뭐야?"

"…컥!"

피할 새도 없었다. 그가 손아귀에 힘을 주고 들어 올리자 바율의 몸이 버둥거리며 허공으로 떠올랐다.

"바, 바율!"

"도련님!"

놀란 친구들과 이언이 뒤늦게 막아 보려 했지만, 어느새 그들 사이에는 보이지 않는 무형의 막이 쳐져 있었다. 아무도 그것을 뚫고 들어갈 수 없었다.

"뭐 하는 놈이냐고 물었다."

크루델리스가 마치 짐승처럼 사납게 으르렁거렸다. 왜인지는 모르겠으나 그는 굉장히 화가 나 보였고, 다른 한편으론 긴장을 한 것 같기도 했다.

바율을 올려다보는 그의 새하얀 동공이 지진이라도 난 듯 흔들리고 있었다.

"…이 소, 손 좀……!"

뭐라도 답을 하려면 우선 그의 손아귀에서 벗어나야 했다. 바율이 컥컥대며 고통스러워하자 잠시 망설이던 크루델리스가 이내 힘을 풀었다.

"후아!"

바닥으로 내려선 바율은 겨우 숨을 몰아쉬었다. 시원한 공기가 폐부를 적시며 들어오자 그제야 살 것 같았다. 아주 잠깐이었지만, 강한 악력 탓인지 목 언저리에서 여전히 통증이 느껴졌다.

"…네놈은 인간이다. 그렇지?"

뻔히 아는 사실을 물으면서도 마황의 음색은 어째선지 떨리고 있었다. 그의 표정은 이제 놀라움을 넘어 경악에 가까워지고 있었다.

바율은 그에게 다시 목이 잡힐까 두려워 한 걸음 뒤로 물러나며 얼른 자신을 소개했다.

"저는 바율이라고 합니다. 인간인 제가 마력을 쓸 수 있는 건 데스와의 친화력 때문이라고 알고 있습니다. 데스와 함께 오래 지내다 보니 자연스럽게……."

"내가 궁금한 건 그게 아니야."

"…예?"

"어찌하여 네게서…… 그녀의 기운이 느껴지는 거지?"

그녀?

바율은 마황의 말을 이해하지 못했다. 응당 인간인 자신이 마기를 발산하는 것을 느끼고 마황으로서 놀란 거라 여겼는데, 난데없이 '그녀'라니?

더욱이 그 단어를 내뱉었을 때, 바율이 그의 눈에서 본 감정은 분명 그리움이었다.

무언가를 향한 애타는 마음.

틀림없이 누군가를 그리는 간절함이었다.

"어서 대답해라. 다프네와 무슨 관계냐!"

"…다프네라면…… 혹, 전대 물의 정령왕인 다프네그란데를 말씀하시는 겁니까?"

예상하지도 못한 이름이 튀어나오자 외려 놀란 건 바율이었다. 자신과 관련 있는 자 중 '다프네'라는 애칭과 비슷한 이름을 가진 이는 물의 정령왕인 다프네그란데밖에 없었다.

"그녀를 잘 아십니까? 아니, 그녀를 만나신 적이 있습니까?"

전대 물의 정령왕에 대해 직접적으로 아는 이를 만난 건 지금이 처음이었다. 다프네그란데에 대해 바율이 들은 바는 고작 그녀에게 반한 퀸의 조상이 대양의 눈을 가져다 바쳤다는 이야기뿐이었다.

"물은 것은 나다. 대답은 네가 해야지."

일견 화가 나 보였지만, 사실 크루델리스는 어느 때보다 혼란스러웠다.

그가 여기에 온 이유는 엄청난 마력의 폭발을 감지했기 때문이었다. 당연히 데스가 사고를 쳤으리라 짐작했고, 철 딱서니 없는 놈이 더 큰 사달을 내기 전에 막고자 직접 강림하게 되었다.

그래서 처음엔 데스에게 신경 쓰느라 바율에게서 흘러나오는 마기를 다소 늦게 인지한 게 사실이었다.

하지만 인간인 녀석이 마력을 가졌다는 데 의아함을 느끼기도 잠시. 뒤이어 몰아친, 익숙하면서도 그리운 '그녀'의 기운에 크루델리스는 그대로 얼어붙었다.

다시는 만나지 못할 거라 여겼다.

심장이 널뛰기 시작한다.

그녀가 환생이라도 한 것일까?

어린 인간 소년을 마주한 크루델리스는 그야말로 혼돈에 빠졌다.

"저는…… 전대 정령왕들의 기운을 이어받았습니다."

원하는 정보를 듣기 위해선 먼저 답을 해 줘야만 할 듯했다. 해서 바율은 순순히 자신의 상태에 대해 그에게 얘기했다.

"…정령왕의 기운을 이어받아?"

"네."

"다프네뿐 아니라, 다른 정령왕들의 기운까지 모두 계승했다고?"

"어쩌다 보니 그리되었습니다."

마황은 바율의 말을 곧이 믿는 눈치가 아니었다. 그가 눈을 가늘게 뜨자 아몬이 다가와 빠르게 부연 설명을 했다.

"…데스."

아몬의 설명을 들으며 한참을 말없이 바율을 보고만 있던 크루델리스가 데스를 향해 차갑디차가운 말투로 물었다.

"네놈은 처음부터 알고 있었던 거지?"

"아마도?"

"근데 내게 왜 아무런 보고도 안 했지?"

"내게 그래야 할 의무가 있던가?"

데스의 심드렁한 말투에 마황의 얼굴이 분노로 점철되어 갔다.

"내게 그녀가 어떤 의미였는지, 잊은 거냐?"

씹어뱉듯 낮게 읊조리는 목소리 하며 번뜩이는 눈빛이, 당장이라도 데스를 죽여 버릴 것만 같은 분위기였다.

"그걸 내가 어떻게 잊겠어. '그날'의 원흉인 것을."

이번엔 데스에게서 살기가 쏘아졌다. 그가 자신의 형이자 마황인 크루델리스를 강렬하게 노려보았다.

두 마족이 서로를 마주 보는 행위만으로도 일대의 공기가 팽팽하게 당겨졌다. 누군가 말리지 않으면 조금 전보다더 큰 일이 벌어질 것만 같았다.

"흠. 저기…… 말씀 중에 죄송합니다만, 지금은 일단 급한 불부터 끄시는 게 어떨까요?"

누구도 감히 나서지 못하고 있는데, 아몬이 헛기침을 토하며 어렵게 끼어들었다. 그의 손은 캄브리아 강을 가리키고 있었다.

쿠오오오!

때마침 세라리카가 포효했다. 마지막 발악이라도 하듯, 있는 대로 몸부림을 쳐 가며 거칠게 울어 댔다.

그녀로서는 억울할 만도 했다. 의도와는 달리, 뭐 하나제대로 건진 것이 없었다. 게다가 분노한 라예가르까지 나타났으니 기실 그녀는 자결이라도 하고 싶은 심정이었다.

돌아가서 대기하라.

오늘 네가 지은 죄에 대해, 원로원 앞에서 똑똑히 고하겠다!

라예가르의 서슬 퍼런 음성이 세라리카의 머릿속에 사정

없이 내리꽂혔다.

오랜 시간 그의 곁을 맴돈 그녀였기에 라예가르가 현재 얼마나 큰 인내심을 발휘하고 있는지 알 수 있었다.

겨우 저따위 하찮은 녀석 때문에 날 이리 대하다니!

격렬한 감정이 다시금 용솟음쳤지만, 지금은 순순히 물러서야 할 때였다. 그를 더 자극한다면 목숨이 위험해질 수도 있었다.

파핫!

잠시 일라이를 죽일 듯이 노려보던 세라리카가 이내 포기한 듯 밝은 빛을 뿜어내며 흔적조차 없이 사라졌다.

"모두 괜찮으냐?"

라예가르가 일행에게로 서서히 날아왔다. 그가 바율을 위시한 친구들을 차례대로 훑은 후, 종국엔 아들인 일라이에게서 시선이 멎었다.

마황이 버젓이 그들 곁에 자리하고 있었지만, 그에게는 눈길 하나 주지 않았다.

"킬리안…… 무사해서 다행이다."

라예가르는 진심으로 안도했다.

자신이 조금이라도 늦었더라면 큰일 날 수 있는 상황이었다. 세라리카가 이런 짓까지 벌일 수 있다는 걸 예측하지 못한 스스로의 모자람에 더욱 화가 끓어올랐다.

"날…… 원로원에서 호출했다고 했어."

"그런 일 없다."

"역시 날 꾀어내기 위한 수작이었어!"

일라이가 버럭 하자 녀석에게서 불길이 치솟았다.

"진정해. 세라는 내가 알아서 벌할 테니까."

"벌? 날 죽이려고 한 여자야! 아니, 나뿐 아니라 내 친구들까지 전부 죽이려고 한 미친 여자라고! 뭘 어떻게 벌할 건데?"

"킬리안."

"홋, 기껏해야 감금 정도나 하고 말겠지. 내가 그 정도도 모를 것 같아?"

드래곤 사회에서 자신은 없어져 버리는 게 나은 애물단지였다. 아무리 로드를 양부로 두었다고 한들, 누구도 자신을 위해 나서 주지 않을 터였다. 지난 세월 동안 쭉 그래 왔으니까.

"그쪽 사회에서 해츨링을 건드리는 건 중범죄가 아니었던가?"

그때 데스가 히죽거리며 참견했다.

"아무리 광룡 라노스의 유복자라고 해도, 이건 정도가 심한데."

"이쪽 일은 알아서 잘 해결할 테니, 너희 마족들은 더는 인간계를 더럽히지 말고 돌아들 가라. 마지막 경고다."

엄청난 마기가 폭사되었다. 대륙에 퍼져 있는 모든 드래곤들이 느꼈을 것이다. 라예가르에게도 더 이상 원로원을 잠재울 명분이 없었다.

마계 총사령관에 이어 마황까지 현신한 사실을 알면 드래곤 계가 발칵 뒤집힐 게 자명했다. 혈기 왕성한 젊은 녀석들은 세라리카처럼 일을 칠 수도 있었다.

그렇게 되면 마계와의 전쟁은 시간문제였다.

임기가 얼마 남지 않은 이때, 유종의 미를 거두기 위해서라도 그러한 사태를 벌어지게 방관할 수는 없었다.

"설마 모르는 거야, 아니면 모른 척하는 거야? 방금까지 동족과 인간을 공격했던 건 그쪽이거든? 그걸 막은 게 내 한심한 수하들이고."

"뭐야? 한심?"

데스가 발끈하자 크루델리스가 혀를 차며 말했다.

"상대가 멀쩡히 살아서 돌아갔는데, 그럼 잘했다는 거냐?"

"그건 괜히 귀찮은 일에 엮이고 싶지 않아서 그랬을 뿐이야!"

"네놈이 인간의 음식에 홀린 그 순간부터 이미 귀찮은 일에 휘말린 걸 왜 몰라! 꼬리를 자르든, 거죽을 벗겨 내든 확실한 본보기를 보여 줬어야지! 그게 마계 총사령관으로서 네놈이 해야 할 일이었다!"

아무리 세라리카의 목표가 마족이 아니었다고 해도, 이건 마계의 자존심이 걸린 문제였다. 그녀가 온전하게 돌아간 것이 크루델리스는 일라이만큼이나 억울하고 분했다.

"다시 한번 말하지. 우리 일은 우리가 알아서 할 터이니, 너희 마족들은 그만 꺼지길 바란다."

"그쪽 도마뱀 아가씨가 저지를 뻔한 끔찍한 실수를 막아 줬는데, 이대로 가라고? 미안하지만, 그렇게는 못 하겠는데?"

"대가라도 지불하라는 건가?"

"너희 드래곤 때문에 인간계에 엄청난 재앙이 닥칠 뻔했다. 당연히 뭔가 좀 내놔야 하지 않겠어?"

"…원하는 게 뭐지?"

"체류."

"…뭐?"

"나도 여기에 당분간 좀 있겠다고."

"마황이 인간계에 왜 머물겠다는 건데?"

라예가르가 황당하다는 듯 묻자 크루델리스가 바율을 응시한 채 나직하게 중얼거렸다.

"잠시 알아봐야 할 게 생겼거든."

"누구 맘대로! 여기서 비빌 생각, 꿈에도 하지 마!"

마황의 체류에 대한 반대는 의외로 데스에게서 먼저 튀어나왔다. 그가 말도 안 되는 짓이라며 길길이 날뛰었다.

"너는 되고, 나는 왜 안 되는데?"

"그야…… 마황이니까!"

"너나 나나 마족인 건 똑같거든."

"앞에 수식어가 빠졌어."

"수식어?"

"무슨 짓을 벌일지 모르는 위험천만한 마황."

"홋, 넌 그런 존재가 아니라는 거냐?"

살면서 이보다 더 웃긴 말은 들어 본 적 없다는 듯 크루델리스가 피식 웃었다. 냉기가 철철 흐르던 그의 하얀 얼굴에 미소가 더해지자 이상하게도 바율은 순간 소름이 돋았다.

눈을 뗄 수 없을 정도로 매혹적이지만, 왠지 곁에는 다가가고 싶지 않은 그런 느낌이랄까. 그를 조심해야 한다고 누군가 말해 주는 것 같기도 했다.

"당연한 걸 묻는군."

그동안 인간계에서 지내면서 쌓은 신뢰가 얼마인데, 감히 자신과 비교한단 말인가.

"게다가."

데스가 턱을 치들며 삐기듯 물었다.

"당사자에게 허락은 구했나?"

"……?"

"난 하인으로 취직이라도 했는데, 무슨 명목으로 있을 거지? 설마 마황 체면에 나와 같은 하인이 되겠다는 건 아니겠지?"

체면 문제라면 마황이나 총사령관이나 도긴개긴이었다.

그러나 크루델리스는 일순 말문이 막혔다. 체류를 결정하기는 했지만, 어떤 식으로 머물지는 전혀 생각한 바가 없었기 때문이다.

더욱이 인간의 하인으로 들어가다니, 그건 안 될 일이었다.

"그런 계획도 없이 무작정 질러 댄 건가? 대체 누가 한심하다는 건지. 바율."

데스가 마황을 한껏 비웃더니 돌연 바율을 불렀다.

"그럴 일은 없겠다만, 이 작자 아주 위험한 부류이니까 받아 주지 마. 분란만 야기할 거야. 태생이 그렇거든."

"그래, 바율! 꺼지라고 해! 그냥 마족도 아니고, 마황이라니, 절대 안 돼!"

마족이라면 질색하는 일라이가 역시나 데스의 편을 들고 나섰다. 그의 입장에서야 마족이 넷이든 다섯이든 짜증

나기는 마찬가지였지만, 상대는 무려 마황이었다. 마계의 우두머리와 함께 지내는 건 그에게 있을 수 없는 일이었다.

"네가 라노스의 핏줄이구나."

크루델리스의 냉랭한 눈빛이 일라이에게로 쏘아졌다.

"도마뱀 꼬마야, 다시 말해 보겠니?"

서늘한 시선과 달리 그의 음성은 무척이나 부드럽고 나긋했다. 마치 꿀이라도 바른 듯한 그 목소리에 놀랍게도 일라이가 단박에 뜻을 바꾸었다.

"다시 생각해 보니 머물러도 좋을 것 같네요. 마족이 하나 더 는다고 해서 크게 달라질 일도 없을 듯하니."

"…라이?"

갑작스러운 녀석의 태도 변화에 바율과 친구들은 깜짝 놀랐다.

"너 방금 한 말 진심이야? 아니지?"

"에이단, 마족이라고 다 나쁜 것만은 아니라며."

"헐! 저 녀석 입에서 저런 말이 튀어나올 줄이야……."

에이단이 고개를 절레절레 젓는데, 이번에는 그런 녀석에게 크루델리스가 물었다.

"너는 어떻지? 여기 꼬맹이와 같은 생각인가?"

"네. 뭐, 저는 불만 없습니다. 재미있을 것 같아요!"

마황이 쓱 훑어보자 로건과 퀸까지 수긍하는 분위기였다. 크루델리스가 만족스러운 표정을 지으며 바율을 돌아보았다.

"친구들은 다들 나를 반겨 주는 것 같은데…… 너도 당연히 그렇겠지?"

"제 친구들에게 뭘 하신 거죠?"

"……!"

"사람의 마음을 뜻대로 조종할 수 있는 능력이라도 있으신 겁니까?"

"이런, 들켜 버렸군."

예상치 못한 바율의 반응에 크루델리스는 오랜만에 당황이라는 걸 했다.

"역시 네게는 통하지 않는 건가?"

방금 그가 쓴 건 '현혹'이라는 기술이었다. 눈짓 한 번, 말 한 마디로 상대를 본인의 의지대로 부릴 수 있는 능력.

데스나 라예가르와 같은 강자들에게는 통하지 않는 얕은 수지만, 상대적으로 약한 이들에게는 아주 잘 먹히는 크루델리스만의 특수 능력이었다.

"전대 정령왕의 기운을 품고 있다더니, 아주 기특하군."

바율에게 현혹이 통했다면 훨씬 수월하게 인간계에 머물 수 있었을 텐데, 어째선지 그는 지금의 상황에 더 만족해하는 듯했다.

"암, 그래야지. 대견해."

뭐가 좋은지 히죽 웃기까지 한다.

이상한 마족이었다.

"바율에게 그런 치사한 방법은 안 통하니까 집어치워."

"내 아들에게 한 번만 더 그딴 더러운 짓거리를 했다간 가만두지 않겠다."

데스와 라예가르가 나란히 경고했지만, 크루델리스에겐 씨도 안 먹혔다.

바율의 몸속에서 그녀가 잠자고 있다.

몰랐다면 모를까, 그것을 알고서도 얌전히 마계로 돌아갈 수는 없었다.

수천 년 만에 느껴 보는 옛 연인의 기운은 그간 조용히 지내 온 크루델리스의 정신을 송두리째 흔들었다.

"저도 부탁드립니다. 다시는 제 친구들에게 조금 전과 같은 행동은 하지 말아 주세요."

"그러면 날 받아 줄 건가?"

"그건…… 모르겠습니다."

실망감에 크루델리스의 안색이 굳어졌다. 하나 바율로서도 쉬이 대답할 수 없는 문제였다. 그에겐 미안하지만, 바율에겐 모든 게 너무나 갑작스러웠다.

난데없이 나타난 그 때문에 여태 상급 정령으로 진화한 정령들과 대화조차 나누지 못하고 있었다. 전대 물의 정령왕인 다프네그란데와 무슨 사이였는지는 모르겠지만, 마황이라는 그의 신분은 바율로 하여금 절로 두려움을 느끼게 했다.

마족과의 동거는 데스와 그의 형제들만으로도 족하다. 마황까지 같이 지내게 된다면 아버지께서도 더욱 걱정하실 터였다.

'그를 거절해야 해. 그게 옳아.'

부디 상대가 떼를 쓰지 않기를 바랄 뿐이었다.

바율이 그렇게 생각한 순간.

"전대 정령왕들에 대해 궁금해하는 것 같던데…… 아닌가?"

"……!"

"날 네 곁에 있게 해 주면, 도움을 줄 수도 있을 듯한데 말이야."

"…혹시 정령계가 멸망한 이유에 대해서도 알고 계신가요?"

"어느 정도는."

그의 낯빛이 흐려졌다.

'죄책감?'

순간 바율이 받은 느낌은 의아하게도 그런 감정이었다.

"원하는 게 있다면 뭐든 말해도 좋아. 가능하다면 다 들어주지."

당분간은 반드시 인간계에 머물러야만 했다. 녀석의 곁에서 어떻게 돌아가는 상황인지 세세하고 정확하게 알아내야 할 필요가 있었다. 그러기 위해서 크루델리스는 무엇이든 할 준비가 되어 있었다.

'아, 태고의 신물!'

그 순간 불현듯 바율은 태고의 신물이 떠올랐다. 그걸 얻으려면 훔치든가, 거래를 하든가 둘 중 하나밖에 없다고 데스가 말했었다.

그런데 정말로 그가 신물을 넘겨줄까?

겨우 함께 지내는 조건만으로?

'어머니……'

바율은 습관적으로 펜던트를 손에 쥐었다. 마황에게서 신물을 얻으면 어머니를 보다 빨리 만날 수 있게 될 것이다. 아버지께서 기뻐하시는 모습이 눈앞에 선하게 그려진다.

'좋아.'

밑져야 본전이었다. 원하는 게 있다면 뭐든 말하라고 한 건 상대였다.

"태고의 신물을 찾고 있습니다."

"태고의 신물? 주신의 하사품 말인가?"

"네. 마계에도 있다고 들었는데, 맞습니까?"

"있기야 하지. 설마 그걸 달라는 거야?"

역시 무리였나.

바율이 상심하는 기색을 보이자 크루델리스의 백색 눈동자가 반짝였다.

'이거였군!'

"좋아. 넘겨주지."

"…진심이십니까?"

"이래 봬도 내가 마황인데, 내 말을 못 믿는 건가?"

"그렇다기보다…… 그런 귀중한 것을 고작 이렇게 내어주신다는 게……."

"고작이라고?"

마황의 눈초리가 까끄름하게 올라갔다.

"내게 다시는 올 수 없으리라 여겼던 순간이다. 태고의 신물이 아니라 그보다 더한 것도 내어 줄 수 있지."

"그럼 지금 당장 가져와 보시죠."

갑자기 끼어든 음성의 주인공은 퀸이었다. 어느새 현혹에서 풀려난 그가 마황을 보며 당당히 요구했다. 기술에 당했다는 불쾌감 때문인지 녀석의 표정과 말투는 무척이나 공격적이었다.

"에이, 그러면 내가 너무 밑지지."

크루델리스가 눈짓으로 데스를 가리켰다.

"내 말이 거짓이 아니라는 건 데스가 증명할 거다. 그렇지?"

"마황이면 마계를 지켜야지, 자리를 막 비워도 돼?"

"총사령관은 비워도 되고?"

"난 호출하면 언제든 갈 준비 되어 있거든?"

"나도 마찬가지야."

형제의 기 싸움은 팽팽했다. 어느 하나 양보할 기미가 전혀 보이지 않았다.

"저 둘, 당신이 어떻게 좀 할 수 없어?"

보다 못한 일라이가 라예가르에게 부탁했지만, 그로서도 조금 전 세라리카가 저지른 짓 때문에 당장은 뭐라고 할 처지가 못 되었다.

어처구니없게도 마족들은 여전히 조약을 어기지 않았고, 인간계를 어지럽히기는커녕 드래곤의 만행에서 사람들을 지켜 주기까지 했다.

수천 년을 살면서 라예가르도 이런 경우는 처음이었다.

"당신 말이 거짓이 아니라는 걸 데스가 증명해 준다면, 거래하고 싶어요."

무려 주신이 하사한 태고의 신물이었다. 아직까지 많은 것들이 비밀에 싸인 정령계에 대해 알 수 있는 기회이기도 했다.

바율의 고민은 길지 않았고, 결론은 빠르게 내려졌다.

"바율, 다시 생각하면 안 될까?"

"미안해요, 데스. 저도 어쩔 수가 없네요."

"젠장, 괜히 입방정을 떨어서는!"

바율에게 마계에 태고의 신물이 있다는 걸 알려 준 건 다름 아닌 본인이었다. 데스는 할 수만 있다면 그때의 자기 입을 꿰매 버리고 싶은 심정이었다.

"돌아 버리겠군!"

데스가 짜증을 부리며 획 돌아섰다. 꼴 보기 싫은 상대와 한동안 같이 지낼 것을 상상하니 벌써부터 살심이 무섭게 차올랐다.

리타의 음식만 아니라면 그가 마계로 돌아갔으리라. 그 정도로 크루델리스와 데스는 맞지 않는 사이였다.

"그럼 거래 성립인가?"

"태고의 신물은 바로 볼 수 있는 겁니까?"

"어이쿠, 성질 한번 급하군."

바율이 원하는 게 무엇인지 알아낸 이상, 크루델리스도 쉽게 내줄 수는 없었다. 그 또한 바라는 바를 완수하기 전까지는 협상의 여지를 남겨 둬야 했다.

"적당한 시간이 지난 후에. 그때 보여 주지."

"애매한 건 싫습니다. 확실하게 말씀해 주시죠."

모든 거래는 분명해야 한다고 배웠다. 더욱이 상대는 마족, 그것도 마황이었다. 나중에 일이 잘못되어 틀어질 경우도 대비해야만 했다.

'오, 제법인데?'

마황이 피식거리며 뜬금없이 휘파람을 불었다.

"석 달 뒤, 어때?"

"한 달로 하죠."

"그건 너무 짧아. 인심 써서 두 달로 하지."

"한 달 반."

"갑자기 궁금해서 그러는데…… 내가 마황인 거 잊은 건 아니지?"

아무리 전대 정령왕의 기운을 품고 있다지만, 상대는 고작 열일곱 살 먹은 인간 소년이었다.

한데 그런 것치고 마황인 자신을 대하는 솜씨가 보통이 아니다.

처음엔 겁을 좀 먹은 것 같더니, 이제는 괜찮아진 건가?

"당연히 잊지 않았습니다. 태고의 신물을 주실 분이신데요."

평소 냉철한 성격의 크루델리스였다면 바율이 긴장하고 있음을 충분히 느끼고도 남았을 터였다. 다만 녀석과 함께 지낼 수 있다는 사실에 들뜬 나머지 자각하지 못했을 뿐.

마계의 황제와 거래를 하는데 담담하다면 외려 그게 더 이상하지 않겠는가.

바율은 그저 인식을 심어 주고 싶었다.

어린 인간 소년이라고 함부로 대해서는 안 된다는 인식.

그리하여 바율은 그에게서 반드시 태고의 신물을 받아 낼 작정이었다.

2.

세라리카로 인해 멈추었던 배가 다시 이동하기 시작했다. 선체와 난간에 약간의 파손이 있긴 했지만, 드래곤의 공격을 받고도 이 정도라면 굉장한 선방이었다. 지체한 시간을 만회하기 위해서 템페스타가 열심히 바람을 일으키며 속도를 높였다.

"바율, 이리 와 봐."

일행은 다시 선실로 내려갔다. 정령사인 바율이 드래곤을 무찔렀다며 승객들이 소란을 피우는 바람에 거의 대피하다시피 이동해 왔다.

"퀸, 왜?"

"왜긴 왜야, 네 목 때문이지."

바율의 목에는 붉은 손자국이 선명했다. 녀석이 아픈 티를 내지 않아서 그렇지, 고통이 심했을 것이다.

"말로 하면 될 걸, 암튼 무식하다니까!"

"바율, 괜찮아?"

"우 씨, 그새 부었네."

몰려든 친구들이 한 소리씩 늘어놓더니 돌연 데스를 향해 따지듯 물었다.

"데스, 이거 리타가 보면 뭐라고 할 것 같아요?"

"…뭐?"

"바율 목에 이런 흉측한 자국이 생겼는데, 리타가 과연 가만히 있을까요?"

"모르긴 몰라도 울고불고 난리 나겠지, 아마?"

"범인을 찾겠다고 배 안을 들쑤시고 다닐지도 몰라."

"…내가 그런 게 아니라는 건 너희도 알잖아."

무섭게 그런 말은 왜 하는 거야?

차마 뒷말은 이어지지 않았지만 데스의 눈빛은 그렇게 묻고 있었다.

"리타가 지금 여기에 없는 이유가 뭐라고 생각해요?"

"바율 걱정으로 하도 안절부절못해서 억지로 재웠다고 들었는데?"

그런 리타를 지키겠다는 핑계로 바르와 아고스는 잠깐 인사만 하고는 후다닥 도망쳤다. 틀림없이 마황과 함께 있는 것이 불편해서 그랬을 터였다.

"네, 맞아요. 리타는 바율밖에 모르죠. 녀석에게 제일 중요한 건, 바로 이 녀석이라고요."

에이단이 잘 들으라는 듯 손가락으로 바율을 콕 찍고는 말을 이었다.

"그러니까 형님 관리 잘하세요. 다시 또 이런 일이 생기면 리타한테 확 일러 버릴 테니까!"

"난 곧바로 이를 참이었는데?"

"안 돼, 라이. 리타가 알면 나보다 더 아파할 거야. 절대 그러지 마."

바율이 안 된다며 말렸지만, 일라이는 귓등으로도 듣는 눈치가 아니었다.

마족의 불행은 곧 그에겐 행복이었다. 데스가 가장 두려워하는 게 뭔지 아는 마당에 가만히 있는 건 바보짓이었다.

"데스, 무슨 뜻인지 잘 알겠죠?"

크루델리스는 선실 중앙에 놓인 소파의 가장 상석에 편히 기대앉아 있었다. 그런 그를 힐긋거리며 친구들이 데스에게 으름장을 놓았다.

그러니까 말인즉슨 바율이 또다시 마황으로 인해 상처를 입게 되는 순간이 온다면, 그날이 데스가 마계로 쫓겨나는 날이라는 것이었다. 물론 리타에 의해서 말이다.

"내가 그랬어? 왜 나한테 지랄이야?"

데스로서는 기가 차고 환장할 노릇이었다. 크루델리스가 옆에 있는 것만으로도 울화가 치미는데, 이젠 하다 하다 놈의 잘못까지 떠안게 생겼다.

이게 대체 무슨 해괴한 경우란 말인가?

"데스의 형이라면서요? 그럼 같이 책임을 져야죠. 안 그러냐, 애들아?"

"당연히 그래야지."

"리타의 밥을 계속 얻어먹으려면."

마지막 말이 강력했다. 억울해서 미치고 팔딱 뛸 지경이지만, 리타의 요리를 먹으려면 모든 걸 감수해야만 한다.

녀석의 성격은 데스도 이제 알 만큼 알고 있었다. 크루델리스 저 자식이 바율의 목에 흔적을 남긴 장본인이자 자신의 형이라는 사실을 알게 되는 순간, 고기는커녕 국물도 없을 게 분명했다.

그거야말로 데스에겐 지옥과 같았다.

"이제라도 늦지 않았어."

데스가 살기를 드러내며 마황에게 말했다.

"그만 돌아가지?"

"싫은데?"

크루델리스는 데스가 인간 소년들에게 협박당하는 모습을 매우 흥미롭게 지켜보던 중이었다. 친구들 딴에는 마황이 어렵고 불편해서 그나마 만만한(?) 데스에게 경고를 한 셈인데, 당사자인 그는 그저 작금의 상황이 웃기면서 재밌었다. 마계에서는 도통 볼 수 없는 명장면이었기 때문이다.

대관절 어느 누가 데스를 감히 저리 취급할 수 있겠는가?

마황인 그조차도 녀석의 성미를 건드리지 않기 위해 눈치를 볼 때가 있었다.

'홋, 앞으로가 무척 기대되는군.'

"웃어?"

그는 피가 마르는데 상대는 웃고 있었다. 이곳이 마계였다면 바로 진체를 드러내고 공격에 들어갔을 것이다. 그간 인간계에 머물면서 참을성이 엄청나게 는 게 분명했다.

"나랑 있는 게 그렇게 싫으면, 네가 가든가."

"내가 미쳤어? 여태까지 어떻게 버텨 냈는데!"

리타의 갖은 구박에도 불구하고 꿋꿋하게 인간계에서 살아남았다. 그런 그에게 포기란 있을 수 없었다.

"그 리타라는 소녀의 음식이 그렇게 맛있냐?"

마계 총사령관이, 한낱 음식에 홀려 인간으로 위장하다 못해 취직까지 하였다. 지금까지는 단순히 어이없는 장난쯤으로 치부했는데, 이쯤 되자 약간 궁금해지려고 한다.

"알려고 하지 마. 리타에겐 접근도 하지 마. 알겠어?"

그랬다가는 알지?

데스의 까만 눈동자가 불꽃처럼 활활 타올랐다. 녀석이 진심으로 경고하고 있음을 뜻했다.

"내가 관심을 두는 건 저 소년이야. 그러니 안심해."

형제가 실랑이를 하는 사이에 퀸의 치료가 끝났다. 바율의 목에 있던 붉은 손자국이 퀸에게로 옮겨지더니 이내 금세 사라졌다. 대양의 눈 덕분이었다.

"잔재주가 있었군."

마황이 제법이라는 듯 퀸을 위아래로 훑어 내렸다.

"대양의 눈을 갖고 있는 걸 보니, 인어국의 왕자라도 되는가 보지?"

"답해야 합니까?"

인어족인 퀸은 마족에게 딱히 반감은 없는 편이었다. 하지만 바율에게 상처를 입힌 자는 그게 누구든 좋은 감정을 가질 수 없었다.

"도마뱀 꼬마만큼이나 까칠하네."

"다른 녀석들은 안 보이시나 봅니다."

에이단과 로건 역시 미간을 잔뜩 모은 채 경계 태세를 취하고 있었다. 갑작스러운 마황의 등장에 겁을 먹기는 했지만, 바율을 죽일 뻔한 그를 순순히 용서해 줄 마음은 없었다.

"이런, 내가 첫 단추를 잘못 끼운 것 같군."

크루델리스의 눈에는 참으로 가소로운 풍경이었다.

그가 어디 가서 이런 대접을 또 받겠는가?

하나 어찌 되었든 그는 바율의 곁에 머물기 위한 거래를 했고, 따지고 보면 더 아쉬운 입장이기도 했다. 후일을 위해서라도 관계 개선이 좀 필요할 듯싶다.

"그건 실수였어."

잊고 있던, 아니 잊은 줄로만 알았던 다프네의 기운을 느낀 순간 그는 제정신이 아니었다.

"다시는 그럴 일 없을 거라고 맹세하지."

"마족의 말을 어떻게 믿지?"

"마족이 아니라 어른으로서 하는 약속이다. 그래도 내가 너희보다는 꽤 오래 살았잖아?"

화가 나면 그 역시 데스처럼 물불 안 가리는 성정을 지니긴 하였다.

하지만 그 나름대로 마계에서는 공명정대하다는 평을 듣는 편이었다.

"앞으로는 정중하게 굴도록 하지."

상대가 너무 고분고분하게 나오니까 되레 더 불길한 예감이 드는 까닭은 무엇일까.

라예가르가 있었다면 뭔가 조언이라도 얻었을 텐데, 그는 세라리카의 일로 조금 전에 돌아가고 없었다.

"허튼수작 부리면, 알지?"

물론 가기 전에 크루델리스와 데스를 향해 묵직한 경고를 남기는 것을 잊지 않았다.

"정중이라는 단어의 뜻을 알고나 하는 말인지 모르겠군."

"아무렴. 명색이 형인데, 동생보다는 많이 알지 않겠니?"

데스의 비아냥에도 크루델리스는 흔들리지 않았다. 그는 시종일관 여유로운 미소를 띤 채 자리했다.

바율은 몰랐지만, 기실 크루델리스는 상당히 고무된 상태였다. 바율에게서 흘러나오는 옛 연인의 기운온 그의 생에서 유일하게 행복했던 기억을 불러일으켰다.

자연스레 마음이 느슨해지고 화기가 가라앉는다. 오늘은 데스가 어떤 말을 해도 다 용서할 수 있었다.

"바율! 도착했어!"

그때 선실의 창문이 벌컥 열리며 템페스타가 쌩하니 나타났다.

"벌써?"

"응! 완전 빨리 왔지?"

자신의 솜씨가 어떠냐는 듯 템페스타가 허공에서 책상다리를 하고 팔짱을 낀 자세로 거만한 표정을 지었다.

녀석은 상급 정령이 되고서도 성격이 그대로였다. 몸이 자라고 머리가 길어져서 변화를 알았지, 그렇지 않았다면 진급을 못 했다고 오해라도 했을 터였다.

다행히 템페스타는 사대 정령 모두가 상급이 된 것에 대해 별다른 반응이 없었다. 아직까지는 말이다.

현재로서는 상급으로 올라선 게 마냥 좋아서 죽을 지경인 것처럼 보였다.

똑똑.

노크 소리와 함께 선실의 문이 열리더니 만월 기사단이 보고했다.

"도련님, 배가 곧 항구에 정박할 예정입니다. 마차를 바로 대기하라 일렀으니, 하선 준비를 마치시면 말씀해 주십시오."

"바로 기차역으로 가는 건가요?"

"예, 기차 시간이 그렇게 되었습니다."

"알겠어요. 배가 서면 바로 나가겠습니다."

바율이 아쉬운 얼굴로 친구들을 돌아보았다.

"벌써 헤어질 시간이네. 곧 다시 보게 되겠지만, 아쉽다."

새 학기 시작이 겨우 열흘 정도밖에 남지 않았다. 해밀턴으로 다 같이 가면 좋겠지만, 개강 준비를 하려면 캔자스시에서 작별을 해야만 했다. 그곳에서 각자 다른 기차를 타고 흩어졌다가 캐링스턴에서 다시 만나게 될 것이다.

"세라리카, 모든 게 그 망할 여자 때문이야. 제대로 대화도 못 나누고 이렇게 찢어지게 되다니, 진짜 짜증 난다!"

가국으로 입국할 때도 사다함 태자의 시험 어쩌고 때문에 생고생을 했는데, 돌아올 때도 이 모양이었다. 올해 여름 방학은 아무래도 망한 것 같다며 일라이가 연신 투덜거렸다.

"난 이 녀석들과 인사만 하고 헤어져야 한다는 게 갑자기 막 서럽다."

에이단이 상급 정령이 된 녀석들을 쳐다보며 울상을 지었다. 친구들도 바율만큼이나 정령들의 성장을 기다려 왔다.

그런데 막상 진화하고 나니 제대로 얘기할 틈도 없었다. 전부 뜬금없이 나타난 마황 탓이었다. 태고의 신물만 아니라면 아마도 두고두고 원망했을지 모른다.

데스와 그의 형제들은 괜찮은데, 이상하게 크루델리스는 마음에 들지 않는 에이단이었다.

"바율, 캐링스턴에서 보자."

무어라 긴말을 하지는 않았지만, 로건의 금안에 담긴 염려를 바율은 충분히 감지했다.

"로건, 너무 걱정 마."

데스가 있기 때문인지, 그런 데스를 조종하는(?) 리타가 있기 때문인지 바율도 확실치는 않았다. 그냥 왠지 별일 없을 거라는 막연한 믿음이 있었다.

다만 한 가지 우려가 되는 건, 해밀턴에서 마주치게 될 아버지였다. 데스는 어떻게 잘 넘겼는데, 과연 마황의 존재는 아버지께서 어찌 받아들이실지 쉽게 판단이 안 섰다.

선실로 들어서기 전 이건 아니라며 강하게 부정했던 이언의 태도가 기억에 남은 탓일까.

며칠 후면 뵙게 될 아버지가 어떤 반응을 보이실지, 바율은 유일하게 그 점이 신경 쓰였다.

"데스, 바율을 잘 부탁합니다."

퀸은 끝내 안심이 되지 않는지 그답지 않게 데스에게 부탁한다는 말을 남겼다. 조금 전까지만 해도 해밀턴으로 같이 가려던 그는, 네가 가 봤자 무슨 도움이 되겠냐는 일라이의 뼈를 때리는 말에 겨우 마음을 고쳐먹었다.

"다들 사이가 좋아 보이네."

바율과 친구들이 아쉬운 이별의 순간을 맞이하고 있는데, 크루델리스가 불쑥 끼어들었다. 그러자 녀석들이 약속이라도 한 듯 동시에 그를 흘겨보았다.

"내가 말을 잘못했나?"

냉랭한 네 쌍의 눈빛에 그가 의아해하며 물었지만, 돌아오는 답은 없었다.

"쯧쯧."

데스가 혀를 차는 소리만이 조용히 선실에 울려 퍼질 뿐이었다.

Chapter 2.

집으로 향하는 길

1.

"고마워, 템페스타! 역시 템페스타가 최고야!"

"헤헤, 이 정도 가지고 뭘!"

해밀턴으로 가는 기차 안이었다. 창문으로 내리쬐는 뜨거운 햇볕에 리타가 덥다며 작게 투덜거리자, 그 말이 끝나기 무섭게 차가운 바람이 쌩하고 실내를 휩쓸었다.

"리타, 더 필요한 거 없어? 나 이제 상급 정령 됐잖아! 뭐든 말해 봐!"

"아니, 이제 괜찮아. 덕분에 한결 시원해졌어."

바람 한 번 불었을 뿐인데 실내의 공기가 확 달라졌다. 리타가 엄지손가락을 세우며 다시 한번 칭찬하자 템페스타가 신이 나서는 기차 안을 마구 돌아다녔다.

"어휴, 왜 저러는 거야! 여기 너만 있냐? 정신없으니까 가만히 좀 있지?"

"리타가 덥다고 하는 말 못 들었어? 그리고 움직이는 건 내 마음이거든? 물귀신 네가 무슨 상관인데!"

"템페스타."

웬만해서는 끼어들고 싶지 않았는데, 녀석의 입에서 물 귀신이란 단어가 튀어나왔으니 또 한바탕 난리가 날 게 분명했다.

마황의 체류와 태고의 신물 때문에 복잡해진 머릿속을 잠시 뒤로 물리며, 바율이 엄한 목소리로 템페스타를 불렀다.

"바율, 됐어. 저 멍청이가 그러든가 말든가 난 이제 신경 안 쓰기로 했으니까."

그런데 이게 무슨 일인가. 평소라면 물벼락을 뿌리겠다 며 분기탱천하고도 남았을 이노센트가, 다리를 꼰 채 고고 하게 앉아만 있는 게 아닌가?

갑자기 청순 미녀로 돌변한 것도 아직 적응하지 못했건 만, 그 사이 철이라도 든 것일까.

그런 거라면 바율로서는 대환영이었다. 솔직히 두 녀석 의 의미 없는 소모전을 보는 데도 상당히 지친 상태였다.

하지만 문제는, 둘이 아니라 하나만 철이 들었다는 사실이었다.

"뭐야? 멍청이? 난 이제 곧 왕이 될 몸이라고! 너, 물귀신! 말조심해라! 앙?"

"왕은 뭐 너 혼자만 되는 줄 아냐? 나는 물론, 여기 셰임이랑 스피넬도 다 왕이 될 몸이거든? 상급 정령쯤 되었으면 이제 정신 좀 차려라. 진짜 한심해서 못 봐 주겠다."

"하, 한심하다고? 이 씨, 너 말 다 했어?"

쑤아앙!

실내에 별안간 강풍이 몰아쳤다. 흥분한 템페스타가 이노센트를 날려 버리겠다며 좁은 공간에서 돌개바람을 일으켰다.

"템페스타, 진정해! 여기서 이러면 안 된다고 말했지?"

바율은 한숨을 푹 내쉬곤 손수 나서 바람을 가라앉혔다. 특등실 칸에 일행만 있는 게 얼마나 다행인지 몰랐다.

"바율, 왜 나한테만 그래? 이노센트가 방금 나보고 한심하다고 한 거 들었잖아!"

템페스타가 억울함에 딩딩이라도 울 것 같은 얼굴로 바율을 보며 항의했다. 녀석은 정말 몸만 자랐지, 정신과 마음은 그대로였다. 이걸 다행이라고 해야 할지, 불행이라고 해야 할지 당장은 판단이 안 선다.

"그래, 나도 들었어. 그래서 이노센트에게도 사과하라고 할 참이었어."

"바율, 난 사과 안 할 건데?"

"이노센트."

"물귀신이라고 먼저 그런 건 쟤라고. 상급 정령이 되면 뭘 해? 정신 연령이 아직도 저 밑바닥에 있는데. 수준 떨어져서 같이 못 다니겠어."

예전처럼 같이 날뛰지만 않을 뿐이지, 이노센트의 험한 말은 여전했다. 저렇게 예쁜 얼굴로 비아냥거리는 모습을 보고 있노라니 바율은 어쩐지 망측하단 생각이 들었다.

"셰임이랑 스피넬도 너 창피하대."

이노센트가 잠자코 있던 두 정령까지 끌어들이자 녀석이 눈이 동그래져서는 그들을 쳐다보았다.

"진짜야? 내가 창피해?"

셰임과 스피넬은 이노센트의 앞자리에 나란히 앉아 있었다. 그들이 서로 잠시 눈을 맞추고는 너무나 다행스럽게도 고개를 저었다.

"그렇지? 나 안 창피하지?"

템페스타가 반색하기도 잠시.

"근데 정신없는 건 맞아. 좀 얌전히 있어 주면 안 될까? 나도 막 짜증 나려던 참이거든."

"안 그래도 심란한 바율인데, 우리까지 보태지 않았으면 한다."

스피넬과 셰임이 질책하듯 말하자 템페스타가 기가 팍 죽어서는 구석으로 날아가 앉았다. 이노센트처럼 심한 막말을 내뱉은 것도 아닌데, 외려 더 상처받은 기색이라서 바율은 의아했다.

템페스타 딴에는 자신이 또 바율을 힘들게 한 건가 싶어 자책하는 것이었지만, 정작 당사자인 바율은 미처 거기까지는 짐작하지 못했다.

"그리고 물, 너도 바람 그만 자극해. 시끄럽기는 너도 마찬가지니까."

"내 이름은 이노센트거든? 똑바로 불러 줄래?"

이노센트가 팔짱을 낀 채 스피넬을 노려보았다. 뒤에 귀신이라는 말만 안 붙었지, 예전부터 자신을 물이라고 칭하는 스피넬이 녀석은 마음에 들지 않았다.

"물의 정령을 물이라고 부르는 게 뭐가 문제지?"

"그럼 나도 불이라고 부를까?"

"좋을 대로."

스피넬이 덤덤하게 받아들이자 이노센트는 살짝 약이 올랐다. 그동안은 템페스타처럼 까불지(?) 않아서 무난하게 지내 왔던 거지, 가끔은 존재만으로도 신경을 거스를 때가 있었다.

그건 성격 차이라기보다는 물과 불이라는 서로의 상성 때문이었다. 그 거대한 장벽은 앞으로도 결코 둘 사이를 가까워지게 할 수 없을 것이다.

"땅, 넌 뭐 할 말 없어?"

너도 할 말 있으면 이참에 하라는 듯 스피넬이 물었지만, 셰임은 조용히 고개를 저었다. 중년에서 청년의 모습으로 탈바꿈하였으니 어찌 보면 상급 정령이 되고 외모에 가장 큰 변화가 온 이는 셰임이었다.

하나 그는 여전히 말수가 적었고, 관심이라고는 온통 바율에게만 쏠려 있었다. 과연 바율 바라기다웠다.

"무척 흥미롭군."

그때 재미있다는 듯 크루델리스가 씩 웃으며 끼어들었다.

"사대 정령을 이렇게 다시 만나게 될 줄은 정말 몰랐거든. 특히 이노센트라고 했던가?"

마황이 물의 정령인 이노센트에게 호감을 보이며 물었다.

"다프네와 많이 닮았어. 바율에게서 더 강한 기운이 느껴지긴 하지만, 그래도 그녀와 같은 물의 정령이어선지 보고 있으니 기분이 좋군."

"누구 마음대로 보래?"

"…뭐?"

"내가 예쁜 건 알겠는데, 그쪽 보라고 이렇게 생긴 거 아니거든?"

아까부터 닿는 시선이 상당히 불쾌했다. 이노센트가 마황을 향해 분명하고도 확실하게 말했다.

"그 하얀 눈깔, 마음에 안 드니까 당장 치워!"

"허허, 말투가 꽤 과격하군. 정령 아가씨께서 나한테 감정이 있으신 모양이야. 혹시 내가 무슨 잘못이라도 했던가?"

"지금 그걸 몰라서 물어?"

이노센트가 어처구니없다는 듯 콧방귀를 뀌었다.

"당신이 바율에게 한 짓을 똑똑히 봤는데, 내 감정이 좋을 리가 있겠어? 지금도 바율이 참으라고 해서 겨우 성질 죽이는 중이라고!"

"이노센트, 그게 무슨 말이야?"

리타에게 이노센트와 템페스타의 다툼은 일상과도 같은 일이었다. 그래서 잠잠해질 때까지 말을 아끼고 있었는데, 듣다 보니 뭔가 좀 이상했다.

"리타, 아무 얘기도 아니야. 그냥 별일 아니었어."

"별일이 아니었던 게 아닌 것 같은데요?"

바율이 얼른 나서 수습하려고 했지만, 리타의 촉이 무언가를 감지했다.

"저기요, 하얀 아저씨."

"…하얀 아저씨? 나 말인가?"

"그래요, 데스 씨 형님 말이에요. 여기서 아저씨처럼 하얗게 생긴 사람 또 있어요?"

리타의 말투는 벌써부터 대단히 삐딱했다. 눈빛 역시 호의라곤 찾아볼 수 없었다.

"솔직히 갑자기 형님이란 분이 나타나셔서 저 엄청나게 당황했거든요? 안 그래도 데스 씨 밑으로 군식구가 셋이나 되는데, 이제 넷이 되어 버렸잖아요. 이거, 제 입장에선 굉장히 문제 되는 일이라고요."

"그건 왜지?"

"왜긴 왜예요! 아저씨도 데스 씨랑 동생들처럼 엄청 먹어 댈 거잖아요. 대체 그 식비가 다 얼마인지나 아세요?"

"돈이 많이 들었나?"

"당연하죠! 다들 얼마나 많이 먹는데요! 우리 도련님이 좋은 분이라서 그렇지, 어디 가서 하인이 이렇게 먹으면 당장 쫓겨난다고요!"

"걱정 마라. 난 그렇게 많이 안 먹으니까."

"나 참, 저보고 그 말을 믿으라고요?"

리타가 어깨까지 들썩이며 헛웃음을 지었다.

차라리 지나가는 똥개 말을 믿겠다. 생긴 건 제일 고상하게 생기긴 했지만, 그 핏줄이 어디 가겠는가. 보나 마나 한 먹성 할 게 틀림없다.

"아무튼. 하얀 아저씨도 어쨌든 우리 도련님 신세를 지게 되신 건데, 설마 그런 도련님께 무슨 짓을 하신 건가요?"

"리타, 진짜 별거 아니야. 그냥 작은 소동이 있었을 뿐이야."

"정령들 표정은 아니라고 하는데요?"

이노센트뿐만 아니라 셰임도 스피넬도, 크루델리스를 향한 시선이 별로 매끄럽지 못했다.

게다가 리타가 말을 안 해서 그렇지, 데스의 형이라는 작자를 처음 본 순간 그녀는 이상하게도 오싹한 기분이 들었다.

느낌이 싸한 게, 가까이해서 하등 좋을 게 없는 분위기였다고나 할까.

바율이 얼마간 손님으로 함께 지내게 되었다고 해서 마지못해 받아들였을 뿐, 실상 리타의 속내는 썩 내키지 않았다.

"데스 씨."

리타가 별안간 데스를 호명했다. 그러자 그가 눈에 띄게 흠칫하며 리타를 바라보았다.

"왜 그렇게 놀라요? 뭐 죄지었어요?"

"아니. 나 아무 죄도 안 지었는데."

"수상한데……."

리타가 실눈을 뜨자 데스는 저도 모르게 꿀꺽 침을 삼켰다.

데스 나름대로는 엄청난 위기에 처해 있었다. 여기서 마황이 한 짓이 드러난다면 자칫 연좌제로 싹 다 엮여 쫓겨날 수도 있는 상황이었다.

어떻게든 사건이 드러나는 걸 막아 내야만 했다.

"그게 있잖아…… 그러니까 그게…… 좀 모자라서 그래."

"모자라다니요? 누가요? 데스 씨 형님이요?"

"응, 얼굴에 핏기 하나 없는 거 보이지? 몸도 몸이지만, 정신적으로 좀 문제가 있어."

"…그래요?"

백발에 하얀 피부는 그렇다 치더라도, 입술까지 눈처럼 하얀 건 리타도 살면서 처음 보는 특이한 외모였다. 그런데 그게 몸이 안 좋아서 그런 거라고 하니, 갑자기 막 이해가 되면서 안쓰러워졌다.

"그래서 아까 잠시 바율을 다른 사람으로 착각하고 실수를 했었거든. 무례하게 구는 바람에 정령들의 눈 밖에 난 거고."

"역시 내 짐작이 맞았네요."

감히 우리 도련님에게 결례를 범했단 말이죠?

잠깐이나마 가졌던 동정심이 거짓말처럼 사라지며 리타의 눈길이 더욱 매섭게 변했다.

"근데 금방 사과도 했고, 다시는 그러지 않겠다고 약속도 했어. 좀 모자라긴 해도 자기가 한 말은 지키는 편이거든."

"그건 그나마 다행이네요."

"나도 있고, 동생들도 있으니까 리타가 신경 쓸 일은 크게 없을 거야. 그러니 너무 염려 마."

"글쎄요. 그건 두고 봐야죠."

데스의 완곡한 설명에도 리타는 쉽게 넘어가지 않았다. 아까부터 도련님을 자꾸 흘깃거리는 시선도 거슬렸고, 그럴 때마다 입가를 실룩이며 웃는 행동도 못마땅했다.

대 란데르트 공작가의 후계자이며, 황제 폐하께 친히 관직과 작위를 하사받은 도련님이시다.

그런 도련님께 불경을 저지른다면 절대 자신이 용서치 않으리라.

"제가 눈 크게 치켜뜨고 지켜볼 겁니다."

'이거 완전 희극이 따로 없군.'

리타의 말에 크루델리스는 그저 어이가 없었다. 졸지에 덜떨어진 사람이 된 것도 모자라, 인간 소녀에게까지 쓸모없는 식충이 취급을 받았다.

오늘 하루 동안 평생 살면서 경험하지 못했던 상황을 여러 번 맞닥뜨리고 있었다.

'아무리 그래도 내가 마황이거늘…… 데스 놈의 영향인 건가?'

리타라는 소녀에게서 데스와의 강한 친화력이 느껴졌다. 이건 숫제 기운을 몰아다가 퍼 준 수준이었다.

그녀는 마계 최고 사령관의 절대적인 신임 아래서 저도 모르게 겁을 상실한 것이다. 간이 아예 배 밖으로 나왔다는 게 맞는 표현일지 몰랐다. 방금 전 자신을 대하던 인간 소녀의 태도는 그게 아니라면 설명할 길이 없었다.

'어찌 되었든 이런 경험 역시 새롭군.'

"스승님! 저희 식당 칸에 가 볼까요? 거기엔 어떤 음식이 있을지 무척 궁금합니다!"

크루델리스가 귀엽다는 듯 리타를 쳐다볼 때였다. 기차에 올라탄 순간부터 구석에 찌그러져 있던 바르가 대뜸 리타에게로 다가왔다.

마황이 열이라도 받아서 리타에게 해코지를 할까 봐 서둘러 나선 것인데, 마침 출출했던 리타가 좋다며 일어섰다.

"데스도 같이 다녀와요."

바율이 권했지만, 데스가 괜찮다며 거절했다. 물론 그러고 싶은 마음이야 굴뚝같았다.

그러나 바율을 마황과 단둘이 있게 할 수는 없었다. 지금은 얌전한 척 가식을 떨고 있지만, 언제 본색을 드러낼지 모르는 게 그의 형이기 때문이다.

힘없이 고개를 젓는 데스를 리타가 의외라는 듯 잠시 바라보다가 이내 마족 삼 형제와 함께 식당 칸으로 향했다.

"맥 보좌관님, 함께 가실래요?"

그녀가 지나가며 맥에게 물었지만, 그 역시 말없이 고개만 저어 댔다. 이래저래 말수가 많은 편이었던 그는 언제부턴가 넋이 나간 사람처럼 자리만 지키고 앉아 있었다.

리타는 몰랐지만, 그는 드래곤과 마족의 정체를 알고 난 후 거의 기절 직전의 상태까지 갔다가 현재 간신히 정신 줄만 붙잡고 있는 중이었다.

2.

바율이 탄 특등실 칸은 꽤 넓었다. 그 넓은 공간을 단 열세 명이 차지하고 있었다.

조금 전 식당 칸을 털러 간 리타와 마족 셋을 빼고 나면 아홉 명뿐이었지만, 정령들까지 합세하면 다시 열셋이었다.

일행은 세 부류로 나뉘어 있었는데, 일단 바율 곁에 데스와 크루델리스, 그리고 이언과 정령들이 함께였고, 만월 기사단과 맥은 조금 떨어져서 각각 한 자리씩 차지하고 있었다.

드래곤과 마족의 존재에 대해 뒤늦게 알게 된 만월 기사단은 적잖이 놀란 기색이었지만, 이후 이언의 충분한 설명이 있었는지 현재는 용케 동요 없이 호위에 집중하고 있었다. 과연 만월 기사단이었다.

"묻고 싶은 것이 있습니다."

리타가 없으니 눈치 보지 않고 물어볼 기회였다. 바율의 청에 크루델리스가 그러라는 듯 고개를 까닥였다.

"정령계는 왜 멸망한 겁니까?"

"첫 질문부터 너무 훅 들어오는데."

"어느 정도 알고 계신다고 말씀하셨던 것 같은데요."

"그랬지."

아주 오래전이지만, 그에겐 바로 어제처럼 생생했다. 정령계의 멸망은 크루델리스가 전혀 예상하지 못했던 일이자, 그의 삶이 완전히 뒤바꾸게 된 결정적 계기이기도 했다.

"말씀해 주십시오. 제게는 정령계를 재건해야 할 의무가 있습니다."

"그게 가능할 것 같아?"

"네?"

"전대 정령왕들이 죽기 직전 수하들을 인간계로 피신시켰다고 했지? 각자의 기운을 심어서 말이야."

"맞습니다."

셰임이 찾은 기억의 조각 이야기였다. 전대 정령왕들은 정령계의 재건을 위해 몇몇 수하들에게 자신들의 힘을 담아 인간계로 내려보냈다.

"그들이 왜 그랬을 것 같아?"

"……?"

"자기들이 피신했다가 돌아오면 될 것을, 왜 굳이 수하들만 보냈는지 생각 안 해 봤어?"

"그건…… 그들은 죽음을 피할 수 없었다고…….."

"그래, 사대 정령왕 모두가 죽음을 피해 갈 수 없었다. 자연계의 신으로 불리던 그들 전부가 미래를 도모하기 위해 여러 안배를 남겼지만, 정작 그들은 도망도 칠 수 없었다는 얘기지. 그 이유가 뭔지 알아?"

크루델리스의 차디찬 음성엔 어느새 증오가 섞여 있었다.

누굴 향한 것일까?

바율이 막연히 그런 생각을 하는데, 그가 뜻밖의 얘기를
꺼냈다.

"태고의 신물을 모았기 때문이야."

"…태고의 신물을 모았기 때문이라고요?"

그거라면 지금 바율이 하는 일이었다.

그게 무슨 큰 잘못이라도 된단 말인가?

"태고의 신물을 찾고 있는 걸 보면 너도 그게 뭔지 안다
는 뜻이겠지."

"태초의 주신께서 각 세계에 내리신 하사품이라고 들었
습니다. 저마다 귀한 힘이 서려 있어서 어느 순간부터 신물
이라 불리었다고 하더군요."

"그 신물로 전대 정령왕들은 뭘 하려고 했던 걸까?"

"예?"

"그게 시작이었다."

"…시작이라니요?"

"오늘은 여기까지. 너무 많은 걸 한꺼번에 알게 되면 머
리에 과부하가 올 수 있거든. 이제 고작 열일곱 살이라고
들었는데, 벌써부터 이마에 그렇게 주름이 가서야 쓰나."

이마에 주름?

크루델리스가 빙글거리며 바율의 이마를 손가락으로 톡

쳤다. 조금 전까지만 해도 증오와 살심으로 가득하던 그의 얼굴은 그 동작과 더불어 한순간에 따뜻하게 변했다.

그는 정령계와 대체 무슨 관계인 걸까?

전대 물의 정령왕인 다프네그란데와는 또 무슨 사이였을까?

바율은 그에게 묻고 싶은 게 많았지만, 지금은 참기로 했다. 어차피 당장 답해 줄 것 같지도 않았다.

아직 시간은 많으니까.

하루에 한 가지씩만 물어도 그가 머무는 동안 많은 것을 알 수 있으리라.

아쉬운 티를 내면 본인만 손해였다. 오늘은 이쯤에서 깔끔하게 물러서기로 했다.

"그럼 이제 내 차례인가? 나도 묻고 싶은 게 제법 많거든."

"제가 아는 게 있다면 답하겠습니다."

"전대 정령왕의 기운을 자유자재로 쓸 수 있다던데…… 혹시 기억이라든가 감정 같은 것도 느껴지나?"

"글쎄요. 아직은 그런 적이 없어서 모르겠습니다."

"…그래?"

"각성을 한 지가 얼마 되지 않았거든요. 후에 어떻게 될지는 저로서도 장담할 수가 없습니다."

"아쉽군."

다프네의 기운을 다시 느낀 이후로 세상이 다르게 보였다.

그녀가 죽기 직전 남긴 마지막 힘.

혹 그 안에 자신을 위한 안배도 있지는 않을까?

바율에게 말은 못 했지만, 크루델리스는 그런 기대와 미련을 버리지 못했다. 바율 곁에 머무르기로 결심한 이유이기도 했다.

"진즉에 알았더라면 더 좋았을 것을……."

원망 섞인 눈초리가 데스를 향해 또다시 쏘아졌다. 인간계에 발길을 끊고 산 탓에 그녀의 흔적이 남아 있다는 사실을 너무 늦게서야 알았다.

"네놈이 하인으로 취직했을 때 와 봤어야 했는데."

그것이 못내 후회스럽다.

"난 그만 노려보고, 그 흉측한 외모나 바꾸는 게 어때?"

"뭐야?"

"인간계에서 지낼 거라며. 그렇게 생긴 인간은 내가 여기서 본 적이 없어."

"당연히 그렇겠지. 나 같이 뛰어난 미남이 인간계에 있을 턱이 있나."

"푸하하! 뭐라고? 미남?"

크루델리스를 비웃은 건 리타가 더울지 모른다며 잠시

식당 칸에 다녀오겠다던 템페스타였다.

"바율, 이런 걸 자백이라고 하지? 아카데미에서 애들끼리 얘기하는 거 내가 들었거든!"

바람의 정령답게 순식간에 다시 나타난 녀석이 크루델리스를 손가락질하며 자지러지게 웃었다.

"미남은 나처럼 생긴 얼굴을 보고 하는 말이지! 마황이라면서 몰라도 너무 모르네! 안 그래, 바율?"

"어? 어어…… 그렇지. 우리 템페스타야 무진장 잘생겼지."

바율은 얼떨결에 고개를 끄덕이며 템페스타의 편에 섰다. 리타에게 갈 때까지만 해도 혼자 구석에서 쭈그리고 앉아 있었는데, 다시 평소의 모습으로 돌아와서 다행이었다.

"인간계에서는 나보다 이런 얼굴이 낫다는 건가?"

마황이 템페스타와 자신을 비교하더니 심각하게 물었다. 아닌 게 아니라 그의 미모는 마계에서 꽤 알아주는 편이었기 때문이다.

'다프네도 내가 잘생겨서 좋다고 했었는데.'

살면서 이런 취급은 처음 당한다. 리타에게 멀떨어신 사람으로 낙인찍혔을 때보다 왠지 더 기분이 나빴다.

"그게, 꼭 그렇게 단정적으로만 말할 수 있는 문제가 아니긴 합니다만……."

크루델리스가 마치 상처라도 입은 듯해서 바율은 얼른 덧붙였다.

"앞으로 저와 함께 지내시게 될 텐데, 지금의 외모는 상당히 튀긴 합니다."

"튄다고?"

"네. 머리는 그렇다 치지만, 피부도 너무 창백하고…… 무엇보다 입술까지 하야니 다들 이상하게 볼 수도 있거든요."

"데스 저놈도 저 얼굴이 본판인데, 나만 바꾸는 건 불공평한 거 아닌가?"

본인의 외모에 강한 자부심을 갖고 있었던 터라 크루델리스가 받은 충격은 작지 않았다.

"데스와 다른 분들은 다소 음침해 보이긴 하지만, 적어도 저세상 사람 같지는 않아서요."

"…그 말은, 난 저세상 사람 같다는 얘기로군."

바율은 대답하지 않았다. 그의 외모만 놓고 보면 아름다운 축에 속하는 게 사실이지만, 그렇다고 저러고 거리를 활보했다가는 다들 흠칫거리며 도망칠 게 불 보듯 뻔했다.

이종족과 함께 살아가는 세상이라고는 하나, 어느 정도라는 게 있었다. 마황은 그 정도를 벗어나도 한참 벗어난 부류였다.

"아무튼, 알았어. 인간계에 있으려면 여기 규칙을 따라야겠지."

정중하게 굴겠다고 약속했으니 별다른 수가 없었다.

"넌 어떤 외형을 좋아하지?"

"네?"

크루델리스의 갑작스러운 질문에 바율이 이해하지 못하고 반문하자 그가 그림 같은 미소를 지으며 말했다.

"이왕이면 네 마음에 들었으면 좋겠어서 말이야."

"…제 마음에요?"

"이상형 같은 거 없나?"

"딱히…… 그런 건 생각을 안 해 봐서……."

"그래? 그러면 뭐 하는 수 없지. 내 맘대로 손보는 수밖에."

크루델리스의 고민은 깊지 않았다. 그가 기차역으로 오는 동안 보았던 인간들을 쭉 떠올리며 자신의 얼굴에 약간의 변화를 가했다.

"어때? 마음에 드나?"

'…잘생겼다.'

차마 입 밖으로 내뱉지는 못했지만, 크루델리스의 달라진 모습에 바율은 진심으로 그렇게 생각했다.

희다 못해 푸르던 그의 피부에 생기가 돌자 그제야 인간

같았다. 하얗던 입술도 붉은빛을 띠었고, 길었던 머리칼은 대부분의 남자들처럼 짧아졌다.

변하지 않은 건 하얀 머리칼과 빛나는 은백색 눈동자뿐이었다. 어느 명문 귀족가의 주인이라도 된 듯 옷차림도 고급스러운 정장으로 일순간에 바뀌어 있었다.

"왜 말이 없지? 별로인가?"

"아닙니다. 괜찮네요."

이제는 보고 놀라서 도망치는 게 아니라, 지체 높은 신분으로 오인하여 아예 다가오기를 꺼릴 것 같았다.

어쩌면 그편이 좋을지도 모르겠다. 괜히 그의 성질을 건드렸다가 큰일이 나는 것보다, 애당초 접근을 막아 사고 자체를 방지하는 편이 여러모로 낫지 않겠는가.

"그런데 도련님."

그때 조용히 있던 이언이 문제를 거론했다.

"리타 양이 와서 보면 이상하게 생각하지 않겠습니까?"

"아! 그 생각을 못 했네요."

잠시 자리를 비운 사이에 외모가 달라졌으니 의구심을 갖는 게 당연하다. 일행들의 진짜 정체에 대해서는 전혀 모르는 리타이기에 끝까지 조심을 해야만 했다.

"그건 걱정 마. 내가 해결할 테니."

"……?"

"그쯤은 나한테 일도 아니지."

"…어쩌시려는 거죠?"

"아까 못 봤어? 내가 네 친구들에게 썼던 거."

"아, 설마……."

"그래, 현혹을 살짝 쓰면 될 거다. 네 주변인들에겐 쓰지 않기로 약속했지만, 이번은 어쩔 수 없는 경우이니 이해해 주겠지?"

현혹의 기술을 통해 리타에게 크루델리스의 모습은 원래부터 이랬다, 하는 세뇌를 걸겠다는 뜻이었다.

"그런데 리타에게 그 능력이 통할까요?"

"데스 이놈과의 친화력 때문에 안 먹히기라도 할까 봐?"

"워낙 변수가 많이 일어나서 말입니다."

실제로 그 친화력 때문에 리타는 치료 능력이 생겼고, 바율은 절망을 심더니, 이번엔 남의 기운까지 흡수를 했다. 리타에게 현혹이 통하지 않을 가능성도 배제할 수 없다.

"그건 곧 알게 되겠지."

때마침 특등실 칸의 문이 열리며 리타와 마족 삼인방이 돌아왔다.

"저기요, 하얀 아저씨!"

오자마자 흡사 전장의 장수라도 된 듯 비장하게 크루델리스를 찾는 리타의 행동에 바율은 저도 모르게 긴장했다.

"여기 동생들한테 들었는데요. 평소 그렇게 동생들을 못 잡아먹어서 안달이라면서요?"

"…내가?"

"네. 승질 나면 막 팬다던데요?"

크루델리스가 이게 다 무슨 소리냐는 눈빛으로 수하들을 쳐다보았다. 그러자 다들 자신들이 한 말이 아니라는 듯 고개를 돌렸다.

"안 그래도 하얀 아저씨가 나타나고서부터 평소랑 다르다 했어요. 알고 보니까 기를 못 펴는 게, 무서워서 그랬던 거더라고요. 제가 진짜 딱해서 못 봐 주겠더라니까요?"

기를 못 펴는 건 리타와 있을 때도 마찬가지였지만, 바율은 굳이 지적하지 않았다.

"아무튼요. 우리 도련님과 함께 지내시는 동안에는 그러면 절대 안 돼요. 아시겠어요?"

"내가 왜 네 말을 들어야 하지?"

"그야 폭력은 나쁜 거니깐 그렇죠! 그런 당연한 것도 몰라서 묻는 거예요? 이 아저씨 진짜 덜떨어졌네?"

뒷말은 중얼거리듯 말했지만 여기서 그걸 듣지 못할 정도로 청력이 약한 사람은 없었다.

"우리 도련님, 어려서부터 좋은 것만 보고 자라신 분이라고요. 그런 분 앞에서 험한 꼴 보이면 저 가만히 못 있습니다!"

"가만히 안 있으면 어쩔 건데?"

그 순간 데스와 형제들은 마황에게 닥치라고 소리 지를 뻔했다. 뒤이어 나올 대사를 너무나도 잘 알았기 때문이다.

"일단 밥부터 굶겨야죠."

"…날 굶기겠다고?"

"배고픔엔 장사 없다는 말도 있잖아요? 이건 일 차 경고입니다! 제대로 식사하시려면 앞으로 동생들 괴롭히지 마세요!"

이젠 하다 하다 경고까지 당하는 건가.

마황의 변한 외모에 아무런 말이 없는 걸 보면 일단 현혹이 잘 통한 것 같긴 한데, 어째 상황이 요상하게 흘러갔다.

그러거나 말거나 리타는 자리로 돌아가 앉았고, 마족 삼 형제가 어미 새를 쫓는 새끼 새처럼 그 뒤를 졸졸 뒤따라갔다.

한 달 반 동안 무사히 잘 지낼 수 있을까?

바율은 슬슬 자신이 없어지려고 했다.

Chapter 3.
아그니스

1.

"컹컹!"

"컹컹컹컹!"

바율이 해밀턴의 본성에 도착하자 역시나 재스퍼와 보석 사인방이 제일 먼저 달려와 반겼다. 성내가 떠나가라 짖어 대며 몸을 부딪쳐 오는 녀석들 때문에 바율은 이번에도 여지없이 흙먼지를 뒤집어써야만 했다.

"이놈들아! 나는 안 반갑냐?"

"…아몬?"

방금 전 대사는 보통 늘 리타의 몫이었다. 안 그래도 막 녀석들에게 한소리 하려던 그녀가 의아한 눈길로 아몬을 돌아봤다.

"그간 내가 네놈들에게 쏟은 정성이 얼만데, 이건 해도 해도 너무하지!"

"컹?"

"헐! 지금 내가 뭘 했냐고 묻는 거냐?"

고개를 갸웃하는 재스퍼를 보는 아몬은 진심으로 배신감에 사로잡힌 듯한 표정이었다.

"네가 누구 덕분에 루비랑 알콩달콩한 신혼을 보낼 수 있었는지, 진짜로 잊은 거냐?"

"…컹?"

"그래, 인마! 네가 루비랑 노닥거리는 동안 내가 네 자식들 다 봐줬잖아! 형님 몰래 간식도 챙겨 주고! 이걸 보고 바로 배은망덕이라고 하는 거다!"

바율은 아몬이 이토록 흥분한 모습을 본 적이 없었다. 꼬물꼬물한 게 귀엽다며 보석 사인방이 새끼일 때부터 유독 예뻐하더라니, 아무도 자신을 반기지 않아 엄청나게 서운한 모양이었다.

녀석들에게서 겨우 벗어나 옷에 묻은 흙을 털어 내던 바율은 당황해서 눈만 겨우 끔벅거렸다.

당황한 건 재스퍼와 새끼들도 마찬가지였는지, 컹컹대는 것도 멈추고 멀거니 아몬을 올려다보았다.

"나 몰래 뭘 챙겨 줬다고?"

데스의 가라앉은 음색이 들린 건 그때였다. '해밀턴에 왔으니 호슈에 아줌마의 애플파이를 마음껏 먹을 수 있겠군' 하며 행복한 감상에 젖어 있던 데스에게, 아몬이 지난날 저질렀던 모반 행위가 예고도 없이 강타했다.

"우리가 먹을 것도 모자란 판국에 이놈들에게 간식을 갖다 바쳐? 네가 미친 게지?"

"혀, 형님! 그런 게 아니고요……."

아몬답지 않은 실수였다. 늘 이성적이던 그가 스스로 자기 무덤을 팠다. 그 사태의 원흉인 재스퍼와 보석 사인방은 여전히 아몬이 왜 화를 내는지 모르겠다는 얼굴들이었다.

아몬에게는 그야말로 야속한 상황이 아닐 수 없었다.

'아몬……'

데스를 피해 슬금슬금 뒤로 물러나는 아몬을 보며 바율은 조용히 속으로 애도를 표했다.

가뜩이나 마황의 합류로 예민해진 데스가 아니던가. 그 와중에 지난 일이긴 하나 본인이 먹을 것을 빼돌렸었다는 사실까지 알았으니, 아몬의 앞날이 자못 걱정스러웠다.

설마 바르처럼 팔을 자르는 건 아니겠지?

자신도 모르게 떠오르는 불길한 상상에 바율은 아닐 거라며 고개를 세차게 내저었다.

분노한 데스가 아몬의 멱살을 틀어쥐기 직전, 천만다행하게도 구원자가 나타났다.

"데스, 그만 떠들고 짐이나 나르세요. 시간 없다고요."

리타가 일행이 타고 온 마차를 가리키며 데스와 형제들에게 지시했다. 가국에서 받아 온 답례품의 양이 워낙 많았기에 해가 지기 전에 옮기려면 서둘러야 했다.

"컹! 컹컹!"

"그래, 재스퍼! 나도 반가워! 제대로 된 인사는 이따가 주방에서 다시 하자. 나 지금 엄청 바쁘거든!"

가국의 선물 종류에 대해 자세히 아는 사람이라곤 일행 중 리타가 유일했다. 원래는 맥 보좌관이 해야 할 업무였으나, 그의 상태가 아직 정상으로 돌아오지 않았기에 리타가 진두지휘에 나설 수밖에 없었다.

달라붙는 재스퍼와 보석 사인방을 겨우 떼어 낸 리타는 즉시 물건 분류에 들어갔다.

그에 데스가 나중에 보자는 듯 아몬을 한차례 노려보더니 순순히 마차의 짐을 옮기기 시작했다.

보석 사인방은 이제 제법 성견 티가 나고 있었다. 덩치만 커진 게 아니라 말귀도 알아듣는지, 얌전히 궁둥짝을 붙이고 앉아 있었다.

"야! 나 누군지 기억하냐?"

"컹!"

"컹컹컹!"

그러던 녀석들이 공중에 떠올라 거만한 눈빛으로 저들을 내려다보는 템페스타를 향해 크게 짖어 댔다.

모습이 변하긴 했지만, 알아보는 데는 전혀 지장이 없었다. 허공을 마음대로 날아다니는 템페스타는 녀석들에겐 꽤 흥미로운 존재였기 때문이다.

"이 몸이 상급 정령이 되셨다는 거 아니겠냐? 해서 특별히 너희와 놀아 주겠다, 이거야!"

"컹컹!"

"나 없는 동안 좀 많이 심심했지?"

녀석의 바람 태우기 놀이는 성내에서 인기가 많았다. 상급 정령 체면에 조금 손상은 있겠지만, 해밀턴에 돌아온 기념으로 특별히 봉사하기로 했다.

"다들 나를 따르라!"

템페스타가 무슨 전쟁의 선봉장이라도 된 듯 바람을 일으키며 보석 사인방을 데리고 금세 어디론가 사라졌다.

잠시 후, 성 곳곳에서 아이들의 비명이 끊이지 않고 들려왔다. 그것으로 미루어 보아 이동하는 동안 이용객이 더 많아졌음을 짐작할 수 있었다.

"이노센트랑 셰임, 스피넬도 가서 쉬도록 해. 그간 고생

했으니 각자 좋아하는 곳에서 하고 싶은 것들 실컷 하고 놀아."

정령들에게도 오랜만에 자유 시간이 찾아왔다. 그러자 의외로 셰임이 제일 먼저 움직였다.

"사실 아까부터 하고 싶었던 게 있습니다."

그리 말한 셰임은 정원으로 날아가 이곳저곳을 손보기 시작했다. 삐딱하게 자란 나무와 풀들을 보기 좋게 다듬고, 싱그럽게 피어난 꽃들을 색상에 따라 모양 좋게 정리했다.

원래도 썩 괜찮은 편이었지만, 셰임이 손을 대자 이전과는 비교가 안 될 만큼 훌륭한 정원으로 탈바꿈했다.

"내가 좀 도와줄까?"

"고마워, 이노센트."

"별말씀을."

이노센트가 새침하게 대꾸하고는 정원 구석구석까지 닿도록 물을 뿌려 주었다.

빠르게 일을 마친 이노센트는 바율을 돌아보았다.

"바율, 난 수질 검사 좀 하고 올게!"

해밀턴은 오랫동안 수해로 고통받았던 탓에 물웅덩이가 고인 채 관리되지 않은 경우가 많았고, 그에 따라 물이 깨끗하지 못한 곳도 더러 존재했다.

이노센트는 상급 정령이 된 자신의 실력을 시험해 보고 싶었다. 그녀가 짧게 손을 흔들고는 빠르게 자취를 감추었다.

"전 주방에 가 있겠습니다."

여름에 불이 피어 있는 곳이라곤 주방이 유일하다. 게다가 본성에는 어디서도 쉽게 볼 수 없는 거대한 화덕이 자리하고 있었다.

스피넬이 바율에게 정중히 인사를 하고는 주방을 향해 나아갔다. 그녀가 이동할 때마다 채 갈무리하지 못한 불씨가 바닥을 수놓았으나, 이내 금방 사그라졌다.

"도련님, 저희도 이만 기사관으로 가 보겠습니다."

해밀턴에 무사히 돌아왔으니 이언과 만월 기사단에게도 휴식이 필요했다. 바율이 그간 수고했다며 감사함을 전하자, 그들이 예를 올리고는 연무장이 있는 기사관으로 발길을 돌렸다.

"바율 도련님, 안으로 드시겠습니까?"

어느새 커닝 집사와 조아나 집사가 바율 곁으로 다가왔다.

"잘 지내셨죠?"

반가운 이들의 모습에 바율이 인사를 건네자 그들이 웃으며 대답했다.

"도련님의 명성 덕분에 바빠진 것만 빼면 저희야 늘 똑같지요."

"저 때문에 바빠지셨다고요?"

"성으로 오시면서 느끼지 못하셨습니까?"

바율이 모르겠다는 표정을 짓자 조아나 집사가 웃으며 말했다.

"제국 전역에서 해밀턴시로 인구가 몰리고 있습니다. 거주의 자유가 있는 많은 제국민들이, 새로운 삶을 시작하기 위해 이곳으로 이동해 오는 중입니다."

"덕분에 영주님께서도 영지 순찰이 잦아지셨지요. 오늘도 아침 일찍 나가셔서 아직 귀가하지 않으셨습니다."

"네, 그런 것 같았어요."

바율은 그래서 솔직히 아쉬웠다. 이전처럼 본관 앞에서 자신을 맞아 주실 거라 내심 기대했던 탓이다.

"해가 지기 전에는 돌아오실 겁니다. 목욕물을 받아 놓으라 일렀으니, 노곤한 몸부터 푸시는 게 어떠시겠습니까?"

"그러잖아도 땀을 좀 흘려서 씻고 싶던 참입니다. 떠나기 전에는 봄이었는데, 어느덧 여름이 되었네요."

"성 곳곳에 수국이 얼마나 예쁘게 피었는지 모릅니다. 도련님 방에도 장식을 해 놨으니 마음껏 보십시오."

어머니의 머리 색을 닮은 파란색 수국은 형과 자신이 제일 좋아하던 꽃이었다.

'올해도 수국을 들고 바일을 보러 가야지.'

황제의 명을 수행하느라 어쩔 수 없었다지만, 형의 기일을 챙기지 못한 것이 내내 마음에 걸리던 차였다. 바율은 내일 아침 일찍 일어나 만발한 수국을 형의 무덤 앞에 가져다 둘 생각이었다.

"고맙습니다, 조아나 집사님."

"제 할 일을 했을 뿐인걸요."

"재스퍼! 루비! 올라가자."

재스퍼와 루비는 용케 템페스타의 유혹을 뿌리치고 바율 곁을 지키고 있었다. 가드견으로서 본분을 다하겠다는 뜻이었다.

"컹!"

"컹컹!"

바율이 움직이자 녀석들이 나란히 대꾸하더니 양옆으로 호위하듯 붙어서 걸었다.

"저기, 근데 이분은 누구신지……?"

커닝 집사가 바율 뒤로 따라오는 두 사내 중 크루델리스를 힐긋거리며 조심스럽게 물었다.

고개를 숙여 인사만 하고 여태 말이 없는 맥의 상태가 다

소 이상하긴 했지만, 어찌 되었든 일단 그와는 이미 안면이
있었다.

그러나 남은 한 사람은 아니었다. 잘생긴 얼굴에 호의적
인 미소를 띠고 있지만, 쉽사리 범접할 수 없는 분위기를
풍기는 사내였다.

나이는 서른쯤 되어 보였고, 옷차림과 생김새로 보아 귀
족임이 틀림없었다.

"아, 미처 소개가 늦었네요. 이쪽은 크루델리스, 편하게
크리스라고 불러 달라고 하더군요. 데스의 형님입니다."

"…예?"

예상과는 다른 상대의 신분에 커닝 집사의 눈매가 휘어
졌다.

"하면…… 귀족이 아니라는 말씀입니까?"

"네. 다만 제가 선생님으로 모시게 되었어요. 크리스 씨
에게 여러 가지로 배울 것들이 많거든요. 그러니 커닝 집사
님과 조아나 집사님께서도 잘 부탁드립니다."

기차역에서 마차를 타고 오는 동안 급조한 설정이었다.
앞으로 마황 크루델리스는 한 달 반 동안 크리스라는 이름
으로 바율의 개인 교사가 될 예정이었다.

많은 이들의 관심이 쏠린 이때 못 보던 이가 눈에 띄면
너도나도 궁금해할 테고, 그러다 뒷조사까지 하게 될지도

모른다.

그런 상황을 대비해서 대외적으로 '바율의 개인 교사' 라는 직함을 마황에게 주기로 했다.

"도련님의 개인 교사라면, 매우 중한 분이셨군요! 여부가 있겠습니까. 가장 좋은 방으로 안내하도록 하겠습니다!"

"그럴 필요까지는 없는데…… 감사히 쓰도록 하지."

가장 좋은 방이라는 말에 크루델리스는 매우 흡족했다. 개인적으로 교사라는 직업도 퍽 마음에 들었다.

데스 녀석처럼 하인으로 위장하지 않은 게 어디인가?

마황의 체면을 세울 수 있어서 참으로 다행이었다.

"그럼 저는 이만……."

본관 홀을 지나 이 층에 올라서자 맥 보좌관이 힘없이 인사를 하고는 방으로 쏙 들어갔다. 그런 그의 뒷모습을 바율이 안쓰러운 눈으로 바라보았다.

잠시 시간이 필요할 것 같아서 지금껏 아무 말도 하지 않고 기다렸는데, 아무래도 조만간 그를 찾아가 이야기를 나누어 봐야 할 듯하다.

맥 보좌관이 과연 어디까지 받아들일 수 있을지 살짝 걱정은 되지만, 바율은 우선 고향에 돌아온 것을 즐기기로 했다.

"제 방은 이쪽이라서요. 크리스 씨, 이따가 식사 시간에 뵙겠습니다."

안내는 커닝 집사에게 맡기고 바율은 넓은 침대가 있는 자신의 방으로 들어섰다.

은은한 수국 향이 기분 좋게 와 닿는다. 조아나 집사의 말대로 수국 한 다발이 꽃병을 가득 채우고 있었다.

"어머니……."

푸른색 꽃잎을 조심스레 매만지며 바율은 자연스럽게 정령계에 계신 어머니를 떠올렸다.

멸망한 정령계를 재건하는 건 안 된다는 투로 얘기한 크루델리스의 말이 줄곧 머릿속을 떠나지 않았다.

그는 왜 그렇게 부정적으로 반응했을까.

멸망한 세계를 다시 살리는 일이니 당연히 쉽지는 않을 것이다. 바율도 그 정도 각오는 하고 있었다.

하지만 어머니께서 살아 계신 것을 안 이상, 바율은 절대 포기할 수 없었다. 평생을 어머니를 그리워하며 사시는 아버지를 위해서라도 정령계의 재건은 반드시 이뤄야만 하는 목표였다.

어머니에 대한 소식을 들으시면 무척 기뻐하시겠지?

바율은 수국에서 손을 떼고 천천히 창가로 다가갔다. 어느덧 해가 서쪽으로 뉘엿뉘엿 지고 있었다. 그리고 그 주홍

빛 석양 아래로 말을 타고 달려오는 아버지의 모습이 시야에 들어왔다.

늠름한 아버지의 모습에 바율은 저도 모르게 창문을 벌컥 열고 소리쳤다.

"아버지!"

거리가 멀어 아버지의 표정을 볼 수는 없었지만, 시선이 분명 자신에게로 향했다. 그리고 그 순간 달리는 말의 속도가 높아졌다.

바율은 재빠르게 방문을 열고 나가 성큼성큼 계단을 뛰어 내려갔다.

2.

오래도록 도시를 괴롭히던 수마도 사라졌고, 바율이 정령사란 사실까지 알려지자 해밀턴으로 이주하려는 제국민들이 급격하게 늘었다.

현시대를 살아가는 이들에게 자연재해란 그리 드문 일이 아니었지만, 그럼에도 언제 닥칠지 모르는 공포의 대상이기도 했다.

그것을 해결할 수 있는 유일한 존재가 바율이었다. 더욱이 그가 사는 곳은 살아 있는 전설이라 불리는 란데르트 공작의 성지, 해밀턴이었다.

해밀턴은 본디 겨울이 길고 몹시 추운 척박한 땅이었다. 몬스터의 출몰 역시 잦아서 타 지역에 비해 긴 시간 낙후되어 있을 수밖에 없었는데, 이런 곳을 지금처럼 북부 제일의 도시로 만든 인물이 바로 란데르트 공작이었다.

공작과 만월 기사단의 완벽한 보호 속에서 빠르게 대도시로 성장한 것이다.

세상 그 어디보다 안전한 곳.

바율의 고향 땅은 언제부턴가 그렇게 불리고 있었다. 사람들이 몰려드는 건 어찌 보면 너무나 당연한 현상이었다.

하지만 도시에는 무릇 수용할 수 있는 인원의 수가 한정되어 있는 법이었다. 너무 많은 이들이 한꺼번에 몰리면 부작용이 생길 수밖에 없었다.

결국 기존의 영지민과 새로운 이주민들 간의 분쟁이 하루가 멀다고 벌어졌다.

오늘도 광장에서 일어난 칼부림 사건 때문에 아무 죄 없는 시민들까지 크게 다칠 뻔했다.

이번에는 피의자가 둘이었는데, 양측 모두 외부인에 만월 기사단의 입단을 희망하는 기사들이었다.

해밀턴에서 우연히 만난 그들은 서로의 비슷한 상황에 동지애를 느끼며 술자리를 가졌고, 음주가 과해지자 각자의 실력이 어쩌니 저쩌니 언성을 높이다가 결국 서로에게 칼날을 겨누는 사태에까지 이른 것이다.

마침 공작도 본보기가 필요하다고 여기던 참이었다. 자신의 영지에서 함부로 검을 놀렸다가는 어떻게 되는지 보여 줄 수 있는 아주 시기적절한 사건이었다.

재판은 간결했다.

란데르트 공작은 두 기사에게 죄를 엄하게 물어 벌금을 내게 한 것으로도 모자라 영구 추방이라는 결단을 내렸다. 그들은 다시는 해밀턴시에 얼씬도 할 수 없게 되었다.

공작이 과거 해밀턴을 정비하면서 중시한 것은 첫째도 안전, 둘째도 안전, 셋째도 안전이었다.

모든 영지민들이 마음 편하게 살 수 있는 안전한 도시가 바로 공작이 바라는 이상향이었다.

그러려면 치안 유지가 잘되어야 했고, 도시 밖에서 호시탐탐 침범 기회를 노리는 몬스터들에게서 사람들을 지켜 내야만 했다.

란데르트 공작은 훌륭한 영주로서 그 일들을 나무랄 데 없이 해 왔다. 금번과 같은 사고가 터지기 전까지는 말이다.

"해밀턴에서 영구 추방이라니, 무시무시하구먼!"

"기껏 여기서 살려고 왔는데, 추방을 당할 순 없지!"

"다들 마음 가라앉히고, 서로 양보도 좀 하면서 사이좋게 지내도록 합시다!"

란데르트 공작의 강경 대응은 곧바로 효과가 나타났다. 사람들이 도시에서 쫓겨날까 무서워 몸을 사리기 시작한 것이다.

어떻게든 공작의 눈에 들어 만월 기사단이 되겠다고 찾아온 포부도, 대륙의 위대한 첫 번째 정령사인 바율에게서 정령술을 배우겠다는 얄팍한 수도 지금은 잠깐 내려놓아야 할 때임을 다들 직감했다.

한동안은 계속 주의를 기울여야겠지만, 그래도 란데르트 공작은 오랜만에 한시름 내려놓고 성내로 복귀하던 중이었다.

"아버지!"

만월 기사단과 함께 거의 성에 다다랐을 즈음, 별안간 두 귀로 아들의 음성이 들려왔다.

만개한 수국이 가득한 화단 위 창문으로 몸을 한껏 내민 채 손을 흔드는 녀석을 발견한 순간, 란데르트 공작은 그간의 피로가 싹 씻기는 느낌이었다.

안 그래도 돌아올 때가 되어서 매일이 기다림의 연속이

었다.

"으랏!"

보고 싶었던 아들의 모습에 공작이 허벅지에 힘을 싣자 그의 애마가 전속력을 다해 달렸다.

바율은 계단을 부리나케 뛰어 내려가느라, 아버지를 뒤따라오던 만월 기사단이 그 속도를 따라잡지 못해서 뒤처지는 것을 미처 보지 못했다.

내성에 들어서자마자 공작은 하인에게 말고삐를 넘겼다. 뛰느라 숨이 턱까지 차오른 바율이 현관에서 들뜬 얼굴로 그를 바라보고 있었다.

"갔던 일은 잘되었느냐?"

"네, 아버지. 가국의 문제라면 잘 해결하고 왔으니 염려 마십시오."

"그래, 수고하였다."

바율을 내려다보는 란데르트 공작의 눈빛은 한없이 자애로웠다. 남들 눈에는 비를 멈추고, 내리게도 할 수 있는 엄청난 존재로 보이겠지만, 그에게는 아직 어리기만 한 아들이었다.

이언과 데스가 따라갔다고는 하나 행여 사고라도 겪지는 않을까, 걱정을 이만저만한 것이 아니었다.

실제로 녀석은 가국으로 넘어가기 전, 캔자스시에서 드

로우 후작을 상대로 큰 싸움을 벌이기도 했다. 타당한 이유가 있었다고는 하지만, 처음 그 소식을 접했을 때 공작은 심장이 쿵 떨어지는 듯했다.

그리고 감히 자신의 아들을 위협한 드로우 후작에 대한 분노로 며칠간 잠도 제대로 자지 못했다.

그 모든 일을 차치하고서라도, 마나석을 빼돌린 죄는 아주 심각한 중죄였다. 드로우 후작은 그 즉시 황실 감옥에 구금되었고, 아직까지 재판이 진행 중이었다.

"아버지께 해 드리고 싶은 이야기가 무척 많습니다! 보여 드릴 것도 있고요!"

"보여 줄 것?"

"네, 무무왕 전하께서 제게 태고의 신물을 주셨습니다!"

"…너에게 태고의 신물을 말이냐?"

뜻밖의 얘기가 튀어나오자 공작의 눈꺼풀이 위로 들렸다.

"네, 아버지! 꺼지지 않는 불이라고 하는 것인데, 그 신물이 펜던트와 반응을 보였고, 펜던트에서는……."

어머니의 목소리가 들려왔어요, 라고 바율은 말하려고 했다.

"바율."

그러나 공작이 갑자기 손을 들어 제지하는 바람에 더는

말을 이을 수가 없었다.

"이쪽으로 오거라."

돌연 란데르트 공작이 눈빛을 가라앉히며 바율에게 명령했다. 그런 그의 시선은 아들의 뒤편을 향하고 있었다.

아버지의 명을 따르며 바율은 뒤를 힐긋거렸다. 그리고 단박에 아버지의 심중을 헤아렸다. 그도 그럴 것이 아버지의 눈길이 닿은 끝, 그곳에 마황 크루델리스가 있었기 때문이다.

"아버지, 제가 설명할게요."

어머니에 대한 소식을 빨리 전하고 싶은 마음에 마황의 존재를 알려야 한다는 사실을 깜빡 잊고 있었다.

아버지께선 감각이 보통 사람과는 비교조차 할 수 없을 만큼 예민하신 분이셨다. 라예가르가 드래곤이란 것도 한 번에 알아보신 분이질 않은가.

마황이 제아무리 인간의 모습을 하고 있다 해도 아버지를 속이기란 불가능했다.

"일단 집무실로 들어가시는 게 어떨까요?"

영주의 귀환을 맞이하고자 많은 하인들이 대기하고 있었다. 당연히 그런 상황에서 마황의 진짜 신분을 노출 시킬 수는 없다.

"그러자꾸나."

공작의 표정은 여전히 굳어 있었지만, 이내 고개를 끄덕이며 아들의 뜻에 따랐다.

"크리스 씨도 따라오세요."

"그러지."

진중함이라고는 조금도 찾아볼 수 없는 말투로 가볍게 대꾸하며 크루델리스가 부자의 뒤를 따랐다.

잠시 후, 란데르트 공작과 마황이 서로를 마주 보는 형태로 소파에 자리를 잡았다. 바율은 아버지의 옆에 앉아 잠깐 숨을 고르다가 이내 툭 털어놓았다.

"성함은 크루델리스, 마황이십니다."

"…마황이라고?"

"네, 아버지. 생각하시는 바가 맞을 겁니다."

공작은 놀랐다기보다 황당해하고 있었다. 뜬금없이 마황이 인간계에는 왜 나타났단 말인가?

그것도 다른 곳도 아니고 자신의 성에 이렇게 버젓이 말이다.

데스 형제와 기운이 비슷해서 마족일 거라 내심 짐작은 했었다. 그럼에도 공작이 경계심을 보인 건 상대가 데스와는 달리 힘을 감추지 않았기 때문이었다.

데스가 공작과의 첫 만남에 정체를 숨기기 위해 갖은 애를 썼다면, 크루델리스는 반대였다. 그는 어린애처럼 힘자

랑이라도 하고 싶었는지 자기 자신을 있는 그대로 드러내고 있었다.

그 모양새가 마치 자신을 시험하는 것 같아서 공작은 상당히 기분이 좋지 않은 상태였다.

"마황이 이곳엔 어쩐 일이지?"

공작의 낮게 깔린 음성에 크루델리스가 돌연 씩 웃음을 지었다

"역시 특이하군. 내 존재를 알고도 겁을 먹지 않는 인간은 처음이야."

"당신에게 겁먹을 정도로 약하지 않아서."

다소 도발적인 공작의 발언에 크루델리스는 선선히 고개를 끄덕였다.

"그건 그래. 내 평생 당신 같은 인간을 본 적이 없어. 마족과 계약이라도 맺은 건가?"

"그랬다면 마황인 그쪽이 알 수 있었을 텐데?"

"맞네. 그렇지."

공작이 당연한 걸 말했을 뿐인데, 무척 중요한 것을 일깨워주기라도 한 듯 크루델리스가 격하게 동의했다.

"근데 어떻게 보통의 인간이 이런 기운을 지닌 거지?"

"아버지께선 달의 일족의 피를 이으셨습니다. 그 피가 유독 짙게……."

"오호! 그랬군! 그거였어!"

바율의 설명을 자르며 크루델리스가 무릎을 탁 내리쳤다.

"아, 왜 몰랐을까? 듣고 보니 이렇게 강하게 느껴지는데."

달의 일족이란 말로 전부 이해가 되었는지 크루델리스는 더는 의문을 갖지 않았다. 그저 탐스러운 물건을 보는 듯한 눈빛으로 공작을 바라볼 뿐이었다.

그 불쾌한 시선에 눈살을 찌푸리며 란데르트 공작이 물었다.

"데스를 따라온 건가?"

"녀석 때문에 오긴 했지만, 여기 체류하기로 결정한 건 바율 때문이지."

"바율 때문이라고……?"

그게 무슨 소리냐는 듯 인상을 쓰는 공작에게 바율이 마황과의 거래에 대해 짤막하게 설명했다.

"뭐라? 드래곤이 나타나 널 공격했다고? 그게 진정 사실이냐?"

공작이 가장 대로한 부분은 역시나 세라리카에 대한 애기였다. 그녀가 본신을 드러내고 브레스를 쐈다는 대목에선 손등이 하얘질 정도로 양 주먹을 세게 틀어쥐었다.

바율이 단언하건대 만약 당시에 아버지가 곁에 계셨다면 세라리카는 무사하지 못했을 것이다. 검을 휘둘러서 산사태를 막아 내던 아버지의 위용을 본 순간부터 바율은 그 누구도 아버지를 상대로 싸워 이길 수 없다고 생각했다.

"세라리카는 이사장님이 처벌을 하시겠다고 약속하셨어요. 더는 같은 일이 생기지 않을 테니 안심하세요."

하마터면 바율이 죽을 수도 있었다. 하나밖에 없는 유일한 아들이 자꾸만 위험에 노출되는 현 상황이 란데르트 공작은 진심으로 마뜩잖았다.

"그래도 덕분에 정령들도 상급으로 올라섰으니 잘된 일이라고 생각합니다."

"네게 남의 힘을 흡수하는 데스의 능력이 없었더라면 그런 일은 일어날 수 없었다. 이 모든 건 천운이 따라서지, 절대 네가 강해서가 아니야."

그렇기에 지나간 일이라고 해도 마냥 안심할 수만은 없는 노릇이었다.

사대 정령 모두가 상급이 되었으니 바율도 이제 대마법사 못지않은 실력자가 되었지만, 아직 상급 정령들의 능력을 모르는 공작이기에 시름만 더욱 깊어졌다.

"어쨌든, 이자를 곁에 두는 조건으로 또 다른 태고의 신물을 받아 내기로 했다는 것이냐?"

"네, 아버지. 크리스 씨는 앞으로 한 달 반 동안 제 개인 교사가 되기로 했습니다. 그거 말고는 마땅한 신분이 없더라고요."

"한데 갑자기 태고의 신물을 모으려는 이유는 무엇이냐? 그게 왜 필요하지?"

"그건…… 가국에서 받은 신물이 펜던트와 반응을 했기 때문입니다."

"…너의 그 펜던트와 말이냐?"

펜던트는 이베트가 남긴 물건이었다. 그에 란데르트 공작이 놀란 표정을 짓자, 바율이 잠시 뜸을 들이다 결국 내뱉었다.

"그뿐만이 아니에요, 아버지. 이 펜던트에서…… 어머니의 목소리를 들었습니다."

"…지금 뭐라 했느냐? 누구의 목소리를 들었다고?"

공작의 음성이 잘게 떨렸다. 그는 당연히 자신이 잘못 들었다고 생각했다. 절대로 그럴 수가 없기 때문이다.

하지만 아들의 대답은 달라지지 않았다.

"어머니께서 저를 부르시는 소리를 들었어요. 도와주지 못해 미안하다며 안타까워하셨습니다."

"마, 말이 안 되지 않느냐? 이베트의 목소리가 어찌 그 펜던트에서…… 들릴 수 있다는 것이냐?"

아무리 바율의 말이라지만 란데르트 공작은 쉬이 믿을 수가 없었다.

"지난번 대양의 눈으로 퀸이 살아났던 날, 기억나십니까? 그때 중급 정령이 된 이노센트가 그랬습니다. 이 펜던트가 자기에게 말을 걸었다고."

공작도 기억하고 있었다. 그 이상한 소리에 설마 펜던트 안에 이베트가 갇혀 있는 건 아닐까 하는 어이없는 상상까지 했었다.

"그 음성의 주인공도 틀림없이 어머니셨을 겁니다."

확신에 찬 바율의 말투에 공작의 동공이 흔들렸다. 그녀의 목소리가 들렸다는 건, 곧 이베트가 죽지 않고 살아 있다는 뜻과 같았기 때문이다.

17년.

올해로 바율이 열일곱 살이 되었으니 그녀를 떠나보낸 지도 17년이었다. 그 긴 시간 동안 단 하루도 그녀가 생각나지 않은 적이 없었다.

온천장에서 이베트를 처음 만났던 날, 그 순간부터 그의 심장에는 그녀라는 뿌리가 내렸다.

정녕 이베트가 살아 있단 말인가?

그렇다면 대체 지금까지 어디에서 어떻게 지내고 있었다는 건가?

갑자기 수만 가지 의문과 걱정이 두서없이 공작의 머릿속을 파고들며 그를 어지럽혔다.

바율은 다시 입을 열었다.

"어머니의 목소리를 들은 건 총 두 번입니다."

"…두 번?"

"사실, 캔자스시에서 드로우 후작의 만행에 분노한 나머지 이성을 잃은 제가 사람들을 크게 다치게 할 뻔했었습니다. 그때 절 말려 주신 분이 어머니셨어요."

"그녀가 어떻게 널 말렸다는 거냐?"

"분노에 굴복해서는 안 된다며…… 한없이 다정하고 부드러운 목소리로 저를 감싸 주셨어요. 마치 저를 보호하듯 차가운 기운이 이 펜던트에서 흘러나왔습니다. 그래서 폭주를 멈출 수 있었고요."

란데르트 공작은 그저 멍하니 바율을 바라보았다. 그는 여전히 현 상황이 믿기지가 않았다.

내가 지금 꿈을 꾸는 걸까?

죽은 아내가 너무 그리운 나머지 아들을 동원해서 이런 억지 설정까지 만들어 내는 건가 하는 생각마저 들었다.

"당시 당황했던 전, 친구들에게 어머니가 돌아가신 날에 대해 털어놓았어요. 어머니가 제게 목걸이를 걸어 주신 뒤 사라지셨다고 아버지께서 말씀해 주신, 그날 말이에요."

아내의 마지막 모습이 떠오른 듯 란데르트 공작의 표정이 비통하게 일그러졌다. 그 모습을 지켜보는 건 아들로서 마음 아팠지만, 바율은 끝까지 말을 이었다.

"그러자 아몬이 그러더군요. 어머니께선 돌아가신 게 아니라 소환된 것이라고요."

"소환?"

"네. 정령이 인간계에 모습을 드러내기 위해선 반드시 계약자가 필요하다고 합니다. 바로 저와 같은 정령사가요."

"하면 이베트에게도 계약자가 있었다는 말이냐?"

"아니요. 어머니께선 전대 정령왕의 기운을 품고 계셨기에 충분히 홀로 머무실 수가 있었을 거라고 했어요. 그런데 저를 낳으시다가 그만……."

바율의 얼굴에서 죄책감이 묻어나자 공작의 눈빛이 가늘어졌다.

녀석은 제 형을 떠올릴 때면 이 표정을 짓곤 했다. 한데 어째서 지금, 그때와 같은 표정을 짓는 건지 공작은 의아했다.

"…어머니께서 막 태어난 저를 안으시면서 소스라치게 놀라셨다고 그러셨죠?"

끄덕.

"그러시면서 이 펜던트를 목에 걸어 주셨다고……."

"그렇다. 한데 그게 지금 이야기와 무슨 상관이란 말이냐?"

듣다 보니 조급증이 났다. 란데르트 공작이 추궁하듯 묻자 바율이 머뭇거리다가 말했다.

"어머니께선 전대 정령왕의 기운으로 이 세계에 머물고 계셨습니다. 하지만 출산을 통해 그 기운이 제게로 옮겨지면서 더 이상 머무실 수가 없게 된 겁니다."

"……!"

"마치 신기루 같았다고 하셨던 아버지의 말씀이 맞았어요. 어머니는 그렇게 저 때문에…… 정령계로 소환되신 겁니다. 아몬은 가설일 뿐이라고 했지만, 전 그게 맞을 거라고 생각해요."

말을 마친 바율은 죄스러운 듯 고개를 푹 숙였다. 그리고 공작은 생각하지도 못했던 지난날의 진실에 잠시 얼이 나간 듯했다.

한동안 침묵이 실내를 감쌌다. 바율의 말을 이해하려 곱씹고 되뇌던 공작의 눈에 불현듯 시선을 떨구고 있는 아들의 모습이 비쳤다.

형이 자신 때문에 죽은 거라며 자책하던, 여리고 착하기만 한 녀석.

바율이 또다시 동굴 속으로 들어가기 전에 공작은 재빨리 아들을 붙잡았다.

　"네 탓이 아니다. 그건 그냥 그렇게 벌어진 일이다. 그러니 얼굴 펴거라."

　"하지만 아버지……."

　"그리고 네 입으로 말하지 않았느냐. 이베트는 죽은 게 아니라 소환되었다고. 목소리도 들었다면서 왜 죽상을 하고 있어? 바율 네가 이러고 있는 걸 알면, 네 어미가 더 슬퍼하리라는 걸 모르는 게냐?"

　"…죄송합니다."

　"널 야단치려고 한 말은 아니다."

　"네, 아버지……. 저도 알아요."

　오히려 자신을 위로하려는 말이라는 걸 바율도 이제는 느낄 수 있었다. 이전에는 아버지가 자신을 미워하고 원망한다고만 여겼는데, 지금에야 비로소 깨달았다. 자신을 정말 아끼고 사랑하시기에 하는 말씀들이라는 걸.

　"하면 계속 말해 보거라. 정령계로 소환되었다는 게 정확히 무슨 뜻인지 난 잘 이해가 안 간다. 혹, 그녀를…… 다시 만날 수도 있다는 뜻이냐?"

　긴장으로 란데르트 공작의 목소리가 갈라졌다. 아내와의 재회가 가능할지도 모른다고 생각하자 전신에 잔뜩 힘이

들어가며 딱딱하게 굳었다.

"처음엔 막연히 정령계를 재건하면 그럴 수도 있지 않을까 생각했습니다."

공작의 시선이 펜던트를 만지작거리는 바율의 손길을 따라갔다.

"그런데 문득 데스가 말하길, 펜던트에서 묘한 기운이 느껴진다고 하더군요."

"묘한 기운?"

"네, 퀸도 그랬어요. 어머니의 펜던트에서 어느 순간 갑자기 물의 기운이 강하게 느껴질 때가 있다고. 마치 누군가 말을 거는 느낌이라고."

란데르트 공작은 단 한 번도 그런 걸 느껴 본 적이 없었다. 혼란스러워하는 그의 귓가로 바율의 말이 이어졌다.

"그건 어머니께서 제게 보내는 신호였어요. 제게 계속 연락을 시도하신 겁니다."

"…정령계에서 말이냐?"

"네, 아버지. 어머니는 뭐든 알리고 싶으셨던 것 같아요. 어쩌면 당신께서 죽지 않고 살아 계신다는 걸 말씀하고 싶으셨던 것일지도요. 제가 전대 정령왕의 기운을 각성하면서 이제야 그걸 듣게 된 거구요."

"그녀가…… 이베트가 정확히 뭐라고 하더냐? 너도 뭐

라 답을 하였느냐?"

채근하듯 묻는 공작에게 바율은 애써 우울한 기색을 숨기며 고개를 저었다.

"어머니는 제 음성을 듣지 못하시는 듯했습니다. 제가 응답하며 소리쳤지만, 홀로 말씀하시더군요. 제 이름을 부르시며 나의 아들아…… 라고 하셨습니다."

그때를 생각하자 바율은 옅게 몸이 떨렸다. 어머니의 음성 자체도 감동적이었지만, 자신을 아들이라 칭하는 그 말에 왠지 모르게 벅찬 감정이 들었었다.

가슴이 뻐근해지는 게 속에서 자꾸 뭔가가 들썩거려 견딜 수가 없었다.

"그녀가 네 이름을 기억하고 있었구나."

"아마도 펜던트를 통해 들으셨겠지요."

"아니다."

공작은 옛 기억이 떠올라 설핏 미소를 지었다.

"네 이름은 그녀가 직접 지었다. 쌍둥이를 임신한 사실을 알고 몇 날 며칠을 고민하더니, 형은 바일, 동생은 바율이라고 부르는 게 어떻냐고 내게 말하더구나."

처음 듣는 이야기였다. 당연히 아버지가 지어 주신 이름이라고 여기고 살아왔는데, 사실은 어머니의 애정으로 생긴 이름이었다니.

바율은 무어라 형용할 수 없는 기분에 그저 입만 벙긋거렸다.

"또 다른 말은 없었느냐?"

"네? 아, 있습니다. 아버지를…… 찾으셨어요."

"…날 말이냐?"

"네, 무척이나 그리운 말투로 마지막에 아버지의 이름을 부르셨습니다."

바세리스…….

아직도 귓가에 선명하게 울리는 듯했다. 사실 바율에게는 낯설기도 했다. 모두가 아버지를 영주님이나 공작님이라고 부르지, 이름을 부르는 경우를 본 적이 없었던 탓이다.

"이베트……!"

아내가 자신을 기억하고 있었다. 그 사실에 잠시 환희에 찼던 공작의 낯빛이 순식간에 흐려졌다. 갑자기 그가 흐느끼듯 어깨를 떨며 두 손에 얼굴을 묻었다.

'바일…….'

아내를 다시 만날 수도 있을 거란 기대에 잠시 부풀었던 마음이 이내 죄책감으로 물들었다.

바일을 지켜 내지 못했다.

그들의 보물과도 같은 자식을 그가 잃은 것이다.

그녀를 만나면 무어라 변명을 해야 할까.

어쩌면 벌써 알고 있을지도 모를 일이다.

무슨 염치로 아내를 본단 말인가. 스스로가 한없이 부끄럽고 수치스러워졌다.

"아버지……."

바율은 아버지의 속이 어떨지 얼핏 짐작이 갔다. 이건 같은 고통을 느끼는 그들 부자만이 공감할 수 있는 문제였다.

뭐라고 아버지를 위로해야 할까.

차마 입술이 떨어지지 않는다. 이토록 무너지는 아버지의 모습을 바율은 본 적이 없었다.

"태고의 신물을 찾는 이유가 이거였군."

그때 멀거니 자리를 지키고 있던 크루델리스가 불쑥 끼어들며 말했다. 그는 고개를 기울이고 한 손으로 턱을 괸 채 무척 흥미진진한 표정을 짓고 있었다.

"꺼지지 않는 불인지 뭔지가 그 펜던트와 반응을 했다지?"

그가 눈짓으로 바율의 목을 가리켰다.

"보아하니 그 목걸이는 물인 것 같으니, 그럼 남은 건 바람과 땅이겠군."

"역시 뭔가 알고 있는 겁니까?"

크루델리스는 태고의 신물을 소유하고 있는 마황이었다. 별다른 설명 없이도 바로 사대 원소를 떠올리는 걸 보면 분명 무언가를 알고 있는 게 틀림없다.

"땅. 그거랑 관련된 물건이 내게 하나 있거든."

"혹시 데스가 본 적 있다던 게 그것인가요?"

"아마도?"

바율이 원하는 물건은 마계의 성채에 보란 듯이 진열되어 있었다. 당연히 데스도 오다가다 본 적이 있을 터였다.

"자세히 말씀해 주십시오. 어머니께서 사라지시기 직전에 제게 이 펜던트를 걸어 주셨습니다. 분명 그 까닭이 있을 거예요!"

"그 전에 내가 한 가지 묻고 싶은 게 있는데."

"뭐든 말씀하세요."

태고의 신물을 얻을 수만 있다면 바율은 그 어떤 질문에도 대답할 수 있었다.

"여기에 끌려온 덕에 본의 아니게 들었는데 말이야. 네 어머니가 인간이 아니라 정령이라고 하는 것 같던데, 내가 맞게 이해한 건가?"

"네, 맞습니다."

"그 펜던트를 가지고 있었다면 물의 정령이겠군."

"저도 그렇게 추측하고 있습니다."

바율의 긍정에 크루델리스의 얼굴에 어쩌면, 하는 기색이 어렸다.

"혹시 그녀의 원래 이름이 아그니스인가?"

"아그니스라니요? 그게 뭐지요……?"

"전대 정령왕들이 죽기 전 자신들의 기운을 심어서 수하들을 내려보냈다면서? 그중 한 명이 네 어머니란 얘긴데, 아그니스는 다프네가 가장 아끼던 수하였거든. 그녀가 그런 중요한 임무를 다른 녀석들에게 맡겼을 리가 없어."

"그러니까…… 그 아그니스라는 분이 제 어머니일 거라는 뜻입니까?"

"아니야?"

마황은 오히려 되물었다. 이베트가 기억을 잃었다는 걸 모르는 탓이었다.

"그녀의 이름이 아그니스라고……?"

자책하며 자신을 꾸짖고 있던 란데르트 공작이 고개를 들었다.

"넌 그녀를 만난 적이 있다는 것처럼 들리는군."

"당연히."

무슨 그런 걸 묻느냐는 듯 크루델리스가 한마디 덧붙였다.

"심지어 한두 번 본 게 아니지."

바율과 공작이 석상처럼 굳은 채 자신을 바라보자 크루델리스가 고개를 갸웃거렸다.

"근데, 왜들 이렇게 놀라는 건데? 설마 아그니스가 아닌 거야?"

그렇다면 도리어 더 말도 안 된다는 듯 크루델리스가 낯을 찌푸렸다.

"다프네가 아그니스 말고 누구에게 그런 걸 시킨 거지?"

그는 관자놀이까지 짚어 가며 한참을 생각해 보았지만, 마땅히 떠오르는 존재가 없었다.

"어머니는 기억을 잃은 상태이셨습니다."

"뭐?"

예상치 못한 바율의 말에 크루델리스가 멈칫했다.

"아시다시피 정령계가 멸망한 것은 수천 년 전이고, 아버지께서 어머니를 만나신 건 18년 전쯤입니다. 그 긴 시간 동안 어머니께 어떤 일이 있었는지는 저도 아버지도 알지 못해요."

"아그니스를 만난 게 고작 18년 전이라고?"

"내가 그녀를 만났을 때…… 그녀는 가족은커녕, 자신이 누군지도 모르는 여인이었다. 정보 길드까지 동원해서 수소문해 보았지만 아무런 연고도 찾을 수 없었지."

"인간 주제에 그런 수상한 여인과 잘도 결혼을 했군."

인간들이 고귀한 혈통을 유지한답시고 얼마나 많은 멍청한 짓을 벌이는지 마황은 잘 알고 있었다. 심지어 그런 습성은 마계의 대마족들도 비슷해서, 그런 자들을 상대할 때마다 그는 신물이 나고는 했었다.

"그녀에 대해 함부로 지껄이지 마라."

란데르트 공작이 서늘한 눈빛으로 노려보자 크루델리스가 항복이라도 하는 양 두 손을 들었다.

"오해 마. 조금 전 발언은 칭찬이었으니까."

"칭찬?"

"그래, 아버지나 아들이나 아주 내 마음에 쏙 드는군."

마황이 갑자기 뚱딴지같은 소리를 늘어놓자 두 부자의 얼굴이 약속이라도 한 듯 동시에 일그러졌다. 그것이 재밌었는지 크루델리스가 쿡쿡 웃음을 터뜨렸다.

"데스 녀석이 단순히 인간의 음식 때문에 여기 있는 것만은 아닌 것 같단 생각이 들어."

"어머니에 대해 더 말씀해 주십시오. 뭔가 짚이는 거라도 있으십니까?"

마황이 더 엉뚱한 말을 내뱉기 전에 바율이 물었다.

"글쎄……."

크루델리스가 고민이라도 하듯 손가락으로 팔걸이를 톡

톡 두드렸다. 그 모습을 공작과 바율이 긴장한 채 말없이 지켜보았다.

그러길 얼마나 지났을까.

마황이 아몬처럼 한 가지 가설을 뱉어 냈다.

"내 생각에는 말이야. 아그니스가 충격을 이겨 내지 못하고 잠들었던 게 아닌가 싶은데."

"충격이요?"

"아그니스는 상급 정령이었어. 물론 개중에서도 아주 뛰어난 편이었지. 그래서 다프네가 편애를 좀 심하게 하기도 했고."

마황은 이베트가 아그니스라고 완전히 단정하며 말하고 있었다.

"하지만 아무리 출중해도 결국은 상급 정령일 뿐이야. 정령왕의 기운을 흡수하기에는 역부족이었겠지. 둘의 차이는 실로 어마어마했거든. 아마 그 부작용 때문에 여태 잠들어 있다가 몇천 년이 지난 최근에야 깨어난 게 아닐까? 기억을 잃은 것도 같은 맥락일 듯하고."

마황의 가설은 꽤 설득력 있게 들렸다.

정령왕의 엄청난 기운을 몸에 담고 인간계로 피신한 어머니. 그러나 그 과정에서 어떤 변수가 생겼다.

그로 인해 오랜 시간 잠들어 계셨다가 깨어나 기억을 잃은 채로 아버지를 만나 사랑에 빠지셨고, 형과 자신을 낳다가 이런 사태에 이른 것이다.

물론 이 모든 건 가설일 뿐, 오로지 진실은 당사자인 어머니만이 아시리라.

"그녀를…… 이베트를 보면 알아볼 수 있겠나?"

"초상화라도 있나 보지?"

"가서 보시겠습니까?"

바율이 조급하게 일어서자 마황이 도리질했다.

"괜한 헛수고야."

"네? 분명 어머니를 한두 번 본 게 아니라고 말씀하시지 않았습니까?"

"내가 본 건 인간형의 모습이 아니거든. 그러니 보나 마나지."

"정령은…… 전부 인간처럼 생긴 게 아니었나요?"

바율이 본 정령이라고는 이노센트와 셰임, 템페스타, 그리고 스피넬이 다였다. 녀석들 모두 자신과 같은 인간의 모습이었기에 바율은 당연히 그렇다고만 여겼다.

"정령이 뭐라고 생각해?"

답은 않고 되레 반문하는 마황을 바율이 당혹스러운 눈길로 쳐다보았다. 정령은 그냥 정령이었지, 녀석들을 딱히 무어라 정의하려 해 본 적이 없었기 때문이다.

"이런, 정말 하나도 모르는군."

크루델리스가 쯧 혀를 차며 말했다.

"정령은 그 자체로 자연이다. 물의 정령은 물, 불의 정령은 불, 바람의 정령은 바람, 땅의 정령은 땅이란 말이지. 그들에겐 원래 형체가 없어. 그저 주변에서 봐 온 형상을 따라 외형을 만든 것뿐이야. 그 편이 누구라도 대하기가 편할 테니까."

"모습이 자유자재로 변한다는 말씀인가요?"

"그렇다니까? 못 믿겠으면 네 정령들한테도 한번 해 보라고 하든가."

"그치만…… 녀석들은 성장하면서 모습이 점차 바뀌었습니다. 그건 왜 그런 겁니까?"

"정령은 원래 성장하지 않아. 처음부터 급에 맞춰 알아서 태어나거나, 정령왕이 만들어 내지."

"정령왕이 정령을 만든다고요?"

깜짝 놀라며 묻는 바율을 보며 마황은 한숨을 푹 내쉬었다.

"전부는 아니지만, 대부분은 그래. 네 정령들이 성장하면서 외모가 바뀌는 건 너 때문이겠지. 네 속에 있는 전대 정령왕의 기운이 녀석들을 키우는 거 아니겠어? 그래야 정령계를 재건할 수 있을 테니까."

"혹시 정령계의 재건이라는 게…… 이노센트나 템페스타가 정령왕이 되어서 다른 정령들을 만들어 내야 한다는 뜻인가요?"

"당연한 거 아니야?"

그런 멍청한 질문이 어디 있냐는 듯 크루델리스가 헛웃음을 삼켰다.

"그럼 정령계의 재건이 여태 뭐라고 생각한 거야? 인간이 없으면 여기를 인간계라고 부를 수 있겠나?"

"…아니요."

바율은 본능적으로 고개를 저었다.

"정령계 역시 마찬가지야. 우리 마계도 그렇고. 어느 세계든 살아 있는 개체가 있어야 그 세계가 유지될 수 있는 거라고. 데스 이 자식은 이런 것도 안 가르쳐 주고 뭐 한 거야? 계속 처먹기만 한 건가? 아무튼 한심한 녀석이라니까."

마황이 흘러내린 앞머리를 짜증스레 쓸어 넘기며 혼자 무어라 구시렁거렸다.

"네가 보았다던 이베트는…… 어떤 모습이었지?"

란데르트 공작이 갈라진 음색으로 머뭇거리다 물었다.

"독수리. 투명한 물빛을 머금은, 아주 당찬 느낌의 독수리였지."

마황은 그녀가 퍽이나 마음에 들었었는지 아주 잠깐 입 주변을 실룩였다.

"물빛을 머금은 독수리……."

이베트를 떠올리며 공작은 상상해 보았다. 독수리는 전 혀 예상하지도 못한 모습이었지만, 물빛을 머금었다는 표 현은 그녀와 너무나 잘 어울리는 말이었다.

길고 푸르던 그녀의 머리칼과 반짝이던 눈동자, 생기 가 득하던 입술. 그 입술과 맞닿았던 기억이 생생하게 돋아나 자 란데르트 공작은 두 눈을 질끈 감았다.

지금 당장이라도 정령계로 달려가 그녀를 꼭 끌어안고는 너무 보고 싶었다고, 홀로 외롭게 둬서 미안하다고 말하고 싶었다.

17년간 참아 왔던 그리움이 강둑 터지듯 한꺼번에 밀려 나와 그의 온몸을 쇠사슬처럼 죄어 왔다.

"아버지."

그때, 손마디가 하얗게 변한 공작의 손등 위로 바율의 작 은 손이 겹쳐졌다. 그리고 듬직한 위로의 말이 이어졌다.

"걱정 마세요. 제가 꼭 아버지와 어머니를 다시 만나게 해 드릴 겁니다."

바율은 아버지께 희망을 심어 드리고자 또박또박 힘주어 말했다.

"라예가르 이사장님이 하셨던 말씀 기억하시죠? 이 펜던트에 비밀 장치가 숨겨져 있다던 거 말예요."

공작의 감긴 눈이 아들을 향해 서서히 떠졌다.

"제 생각엔 태고의 신물이 그걸 풀기 위한 열쇠 같아요. 아직은 추측이긴 하지만, 펜던트와 꺼지지 않는 불씨가 서로 반응한 걸 보면 태고의 신물 중에는 사대 원소의 속성을 지닌 것들이 따로 존재하는 듯해요. 그 네 개의 신물이 모두 모이면 해답이 나올 거고, 어쩌면 그때 어머니와 대화를 할 수 있을지도 모릅니다."

"그, 그게 정말이냐?"

"네. 이 펜던트는 어머니께서 걸어 주신 거잖아요. 전 어머니께서 이렇게 될 걸 미리 아시고 그랬던 게 아닐까 싶습니다."

마황의 설명을 듣다 보니 바율은 문득 그런 생각이 들었다. 여전히 막연한 것투성이였지만, 그나마 머릿속이 조금은 정리되는 기분이랄까.

'개인 교수'는 급조한 설정이었는데, 이제 와 보니 크루델리스와 딱 들어맞는 것 같기도 하다. 그처럼 정령에 관한 의문을 속 시원하게 해소해 준 이는 여태껏 없었다. 갑자기 고맙다는 생각마저 들려고 했다.

"그런데, 좀 이상한 점이 있어."

바율이 저만 믿으라는 듯 아버지에게 의젓한 눈길을 보내는데, 크루델리스가 문득 고개를 기울였다.

"아그니스는 물의 상급 정령이잖아. 다프네가 그녀에게 심은 건 당연히 물의 힘일 텐데, 어째서 네 몸에 사대 정령왕의 기운이 전부 들어 있는 거지?"

"…제가 그걸 알 거라고 생각하십니까?"

"아니."

너무나 당연한 것도 모르고 있던 바율이었다.

"됐어, 조금 전 건 못 들은 걸로 해."

마황은 다시금 손에 턱을 괴고 골똘히 생각에 잠겼다.

하지만 아무리 머리를 굴려 봐도 그럴싸한 이유가 떠오르지 않았다. 어떻게 이토록 연약한 인간의 몸에 정령왕의 기운이 깃들었는지, 심지어 하나도 아닌 네 가지 속성이 들어찼는지 도무지 짐작할 수가 없었다.

"네게 전대 정령왕의 기운이 흘러 들어간 건 아그니스 때문이야. 그렇지?"

"네, 그녀가 제 어머니가 확실하다면요."

"그건 확실해. 날 의심하지 마."

자존심이라도 상했는지 마황의 눈초리가 가늘어졌다.

"아무튼, 그렇다는 건 아그니스가 애초에 속성 네 개를 전부 갖고 있었다는 건데…… 그게 가능한 건가? 다프네의 기운을 감당하는 것만으로도 벅찼을 텐데 말이야. 거 참, 희한한 일이군."

"그게 왜 궁금한데?"

불현듯 냉랭한 말투가 끼어든 것은 그때였다. 세 쌍의 눈동자가 돌아보자 문가에 뻬딱하게 서 있는 데스가 보였다.

"그럼 넌 안 궁금하냐? 그보다 지금까지 뭐 했어? 정령계에 대한 기초적인 정보 정도는 알려 줬어야지."

"내가 왜 그래야 하는데?"

"뭐야?"

"시간이 지나면 차차 어련히 알게 될 일, 뭐 하러 귀찮게 나서냐고. 할 일이 그렇게 없어?"

"그러는 너는 할 일 많아서 총사령관이란 놈이 여기서 이러고 있냐?"

"필요하면 부르라니까? 대마족 중에 요즘 심기 건드리는 놈이라도 있어? 있으면 말해. 얼른 가서 없애 버리고 돌아오게."

"내 심기를 가장 건드리는 건 네놈이거든!"

"저기요, 두 분."

형제의 언성이 높아지자 바율은 얼른 수습에 나섰다.

"아버지가 계신 자리입니다. 밖에 하인들도 있을 텐데, 목소리 좀 낮추세요."

해밀턴 성내에서 그들의 신분은 개인 교사에, 하인이었다. 영주인 공작과 아들인 바율 앞에서 이렇듯 소리를 치는 건 있을 수 없는 일이었다.

"이상한 소문이라도 나면 리타도 금방 알게 될 거라고요. 설마 그런 상황을 원하시는 건 아니겠죠?"

리타의 이름이 거론되자 데스가 움찔하며 정신을 차렸다. 이러든 저러든 그에게 가장 두려운 상대는 역시나 리타였다.

"얼른 내려와."

데스가 퉁명스럽게 밖을 향해 턱짓했다.

"리타가 저녁 먹으래."

"오! 드디어 식사 시간인가?"

조금 전 살벌했던 모습은 온데간데없이 크루델리스가 반색하며 발딱 일어섰다.

실로 고대하던 순간이었다.

대체 어떤 맛을 내길래 마족 넷이 정신을 못 차리고 허덕대는지 마황으로서 꼭 알아야만 했다.

"바율, 먼저 내려가서 먹거라."

아들에겐 그리 말했지만, 정작 공작은 도저히 식사할 수 있는 기분이 아니었다. 그에겐 감정을 추스를 혼자만의 시간이 필요했다.

잠시 망설이던 바율은 이내 수긍하며 발길을 돌렸다. 아버지와 함께 있고 싶었지만, 데스와 마황이 어떤 사고를 칠지 몰라 불안한 것도 사실이었다.

　망연히 창밖으로 시선을 가져가는 아버지를 남겨 둔 채 바율은 느릿느릿 식당으로 걸어갔다.

Chapter 4.
리타의 진가

1.

바율은 다소 침울한 기색으로 식당에 도착했다. 기껏 식사를 준비해 준 리타에게는 미안하지만, 그 역시 입맛이 전혀 없었다. 홀로 남으신 아버지께서 혹여 눈물을 흘리시진 않을지 걱정을 놓을 수가 없었다.

그런 바율의 마음을 아는지 모르는지, 크루델리스는 옆에서 휘파람까지 불고 있었다. 곧 마주할 인간계의 음식에 대한 기대감으로 자뜩 고양된 듯했다.

"어? 도련님, 왜 혼자 오세요? 영주님께선 식사 안 하신대요?"

식당엔 오랜만에 눈이 휘둥그레질 정도의 진수성찬이 차

려져 있었다. 원정을 마치고 돌아온 바율을 환영하고 축하하기 위해서 공작이 미리 지시한 사항이었다. 데스 형제의 식성을 익히 잘 알기에 내린 결정이기도 했다.

"냄새가 제법 좋군."

마계에서는 보지 못했던 이국적인 상차림에 마황의 입꼬리가 벌써부터 씰룩거렸다.

"바율! 오늘도 내가 이 음식들 다 날랐다? 나 잘했지?"

이미 리타에게 온갖 칭찬을 들어 놓고도 아직 만족을 못했는지, 템페스타가 어깨를 으쓱이며 바율에게로 날아왔다.

"응, 템페스타. 잘했네. 수고했어."

바율은 억지웃음을 지으며 겨우 녀석을 칭찬했다.

"템페스타! 이것도 부탁해!"

때마침 주방에서 녀석을 찾는 호슈에 아줌마의 목소리가 들려서 얼마나 다행인지 몰랐다. 덕분에 바율이 건성으로 대답했다는 걸 눈치채지 못한 녀석이 씩 웃으며 쌩하니 날아갔다.

"도련님, 무슨 일 있으셨어요?"

하지만 리타를 속일 순 없었다. 그녀는 바율에 관해서라면 언제나 귀신같은 감각을 발휘했다.

"아니야, 아무것도."

바율은 부러 리타의 눈길을 피해 의자를 잡아당겨 앉았다.

"데스가 말해 봐요. 우리 도련님, 갑자기 왜 이러세요?"

"나 여태 여기 있다가 조금 전에 부르러 잠깐 올라간 거야. 그런 내가 아는 게 있을 턱이 없지."

"그럼 하얀 아저씨가 말씀해 보세요. 지금껏 계속 영주님과 셋이 함께 계셨잖아요."

"흐음, 그냥 옛날 얘기를 좀 한 게 다인데."

"옛날 얘기요?"

"응, 그랬더니 란데르트 공작은 나중에 먹겠다고 하더군."

"하! 이보세요, 하얀 아저씨! 우리 영주님이 하얀 아저씨 친구예요? 뒤에 '전하'라는 호칭을 붙여야죠! 어떻게 그런 상식도 모를 수가 있어요? 정말로 아저씨 같은 사람이 우리 바율 도련님 개인 교사를 할 수 있는 거예요?"

리타는 아직도 이해가 안 갔다. 이런 덜떨어진 사람한테서 뭘 배울 게 있다고 개인 교사로 덜컥 받아들인 것인지, 도저히 납득할 수 없었다.

"아 참, 내가 깜박했군. 내가 이곳 세상의 호칭에 좀 약해서 말이야. 다음부터는 주의하지."

리타의 구박에도 크루델리스는 눈썹 한 번을 찡그리지

않고 바로 사과했다. 정중히 굴겠다는 약속을, 그는 진실로 칼같이 지키고 있었다.

"…앞으로 지켜보겠어요."

결국 리타도 더는 할 말이 없었다. 잘못을 순순히 인정한 사람을 계속 몰아붙일 정도로 모진 성격은 못 되었다.

"스승님! 호슈에 아줌마가 향신료랑 치즈가 모자랄 것 같다고, 더 갖고 오시라는데요?"

그때 바르가 헐레벌떡 뛰어와 도움을 요청했다. 리타가 그런 바르를 삐쭉하게 노려봤다.

"그 정도도 혼자 못해요? 그냥 식품 창고 가서 가져오기만 하면 되는 거잖아요."

"…그치만, 얼마큼 가져와야 할지……."

바르가 덩치와 어울리지 않게 모기만 한 소리를 내뱉자, 리타가 안경을 고쳐 올리며 한숨을 내쉬었다. 당장 한소리할 것 같은 분위기였는데, 간신히 속을 잠재운 듯 그녀는 의외로 별다른 잔소리 없이 따라오라며 턱짓했다.

사실 주방에 들어설 때마다 바르에게는 두 가지 걱정거리가 항시 따라왔다.

개중 하나가 재료의 양을 가늠하는 일이었다. 한 손으로도 무거운 냄비를 척척 들고, 설거지며 뒷마무리까지 깔끔하게 해내는 그였지만, 리타나 호슈에 아줌마가 지금처럼 재료 심부름을 시키면 어느 정도를 들고 가야 할지 머릿속이 그야말로 하얘지고는 했다.

다른 하나는 극복하기가 꽤 어려운 문제였는데, 그건 지금의 바르를 가장 긴장하게 만드는 것이기도 했다.

어디 멀리 다녀오기만 하면, 겨우겨우 평균까지 끌어올렸던 요리 실력이 다시 원래의 상태로 되돌아가는 기이하고도 불가사의한 현상.

그로 인해 바르는 갈수록 의기소침에 자신감이 뚝뚝 떨어졌다.

"이거, 바르가 한 거 맞죠?"

창고에서 향신료와 치즈를 가져와 내려놓고는 리타가 펄펄 끓고 있는 스튜 앞에 섰다.

꿀꺽.

바르가 마른침을 삼키며 손바닥을 허벅지에 연신 문질렀다. 맛을 보기 위한 리타의 움직임이 엄청나게 느린 속도로 그의 시야를 메웠다.

"윱!"

역시나 큰 기대는 무리였나. 리타가 스튜를 입에 대자마자 빈 그릇에 퉤 뱉어 냈다.

"바르, 당신…… 또!"

어이가 없는 나머지 말이 채 나오지 않았다. 그간 자신의 노력이 전부 헛수고가 되었다는 사실에 그녀는 망연자실했다.

"대체! 왜! 어째서!"

리타는 바르보다 더 억울한 눈치였다. 주방을 오랜 시간 비우면 음식 맛이 떨어지는 저주에라도 걸린 게 아닐까?

리타가 가정할 수 있는 거라곤 도무지 그것밖에는 없었다.

"바르."

"네, 스승님……."

"꼭 요리사가 되어야겠어요? 나 진지하게 묻는 거니까, 신중하게 답해 주세요."

"물론입니다! 전 정말 목숨 걸고 하는 겁니다!"

남은 한 팔을 지켜 내기 위해 그가 얼마나 노력을 기울이고 있는지는 오직 주신만이 아실 것이다. 여기서 쫓겨났다간 그는 죽은 목숨이나 다를 바 없었다.

"그놈의 목숨. 알겠어요. 일단은 완성한 음식부터 마저 나르죠."

키도 크고 힘이 장사니 용병이든 뭐든 하기만 하면 대성할 기미인데, 왜 하필이면 요리에 꽂혀서 인생을 굳이 힘들게 살아가는지. 사람 속은 정말 알다가도 모를 일이었다.

"도련님, 저희도 왔습니다."

"이언 경, 어서 오세요. 만월 기사단 분들도 얼른 앉으시구요."

원정대는 모두 참여해서 마음껏 식사를 즐기라는 공작의 엄명이 있었다.

"그런데 영주님께선 아직이십니까?"

"네, 일이 좀 있으셔서요."

"오늘 업무라면 이미 다 끝났을 텐데요?"

뒤이어 들어오던 사다드가 이상하다며 뒷머리를 긁적였다.

"사다드 경께서도 오셨습니까?"

"원정은 안 갔지만, 오늘 식사 자리에 끼워 주실 거라 굳게 믿고 있습니다."

"네, 앉으세요."

바율이 피식 웃자 사다드가 고맙다고 인사하더니 날름 의자에 궁둥이를 붙였다.

"사실 도련님께 여쭤보고 싶은 게 너무 많았거든요. 궁금해서 참을 수가 있어야지요."

오늘 만찬에 참석한 이들은 원정을 함께 했던 일행과 사다드, 그리고 미지막에 힙류한 마황과 딕자 아래를 어슬렁거리고 있는 보석 사인방이었다.

녀석들은 저들끼리 탁자 아래로 음식이 떨어지면 비호같이 날아들어 씹지도 않고 삼키는 경쟁을 하고 있었다.

배알도 없는 아몬은 언제 화를 푼 건지 여전히 데스 몰래 탁자 밑으로 사인방의 간식을 챙겨 주기에 급급했다.

"드래곤 슬레이어가 된 기분이 어떠십니까?"

"드래곤…… 뭐요?"

기분이 울적한 마당에 바율은 이게 무슨 생뚱맞은 소리인가 싶었다.

"지금 영지에 소문이 파다합니다. 도련님께서 캄브리아 강에 나타난 블루 드래곤을 물리쳤다고 다들 난리라고요. 곧 제국 전역으로 이 어마어마한 소식이 퍼질 겁니다. 모르셨습니까?"

"저는 오늘 막 도착했습니다. 그걸 알 리가 없죠. 그리고 그 드래곤은 이사장님이 데려가신 거지, 제가 물리친 게 아닌데요?"

바율은 황당해서 저도 모르게 목청이 커졌다.

"아아, 그런 거였습니까?"

왠지 실망한 듯한 사다드의 반응에 바율은 억울함마저 들었다.

"당연하죠! 제가 드래곤을 상대로 어떻게 이길 수가 있겠어요?"

"여기 계신 분들이 도와주시면 가능한 이야기 아닙니까?"

어느 틈에 크루델리스의 정체를 알아냈는지 사다드가 그를 포함한 마족들을 빙 돌아보며 호기롭게 물었다. 물론 그러거나 말거나 그들은 전부 먹는 것에 정신 팔려 있었다.

음식이 사라지는 속도가 거의 신기록 수준이었다. 마족 하나 늘었을 뿐인데, 다른 사람들이 음식에 손댈 틈이 없었다.

자신은 별로 많이 먹지 않는다고 큰소리치던 마황은 어디로 갔단 말인가.

그는 리타의 예감대로 끝내주는 먹성을 선보이며 열정적으로 인간의 요리를 탐식하고 있었다.

데스는 먹을 때 말 거는 것을 제일 싫어한다. 그를 대신해서 바율은 기꺼이 사다드에게 말했다.

"마족들은 드래곤과 엮이는 걸 원치 않아요. 도움을 아예 받지 않은 건 아니지만, 어쨌든 저희끼리 잘 마무리했으니 너무 걱정 마십시오."

"정말입니까, 이언 선배?"

"이사장이 약속했으니 그럴 거다."

사다드는 내심 드래곤이 다시 공격해 올까 봐 염려가 되었던 모양이었다. 이언의 안심하라는 말에 그제야 그가 어깨에서 힘을 빼곤 실내를 둘러보았다. 그러다 아무 말도 없이 식사 중이던 맥을 발견했다.

"맥 보좌관님. 어디 편찮으신 겁니까?"

가까이에 있는 음식 몇 가지만 건드리며 깨작거리고 있던 맥이 천천히 고개를 들었다. 시간이 약이었는지, 그는 확실히 전보다는 나은 표정을 하고 있었다.

"아닙니다, 그런 거. 그저 좀…… 정리를 했습니다."

"어떤 정리를 말씀하시는 건지, 실례가 안 된다면 여쭤봐도 되겠습니까?"

그는 황제가 직접 뽑아서 바율에게 보낸 황실의 사람이었다. 바율의 보좌관이라고는 하나, 동시에 황실의 눈과 귀가 될 수도 있다는 얘기다.

사다드가 드래곤 슬레이어라는 말을 부러 꺼낸 이유도 실은 그 때문이었다. 그의 반응에 따라 마족들을 알은체해야 하나 말아야 하나 살짝 간을 본 것인데, 보아하니 이미 전부 아는 눈치였다.

"사다드 경의 말씀을 들으니, 경께서도 란데르트 백작님 주변인들의 정체를 다 알고 계셨던 듯합니다. 그건 란데르트 공작 전하께서도 당연히 그렇다는 뜻이겠지요?"

"놀라셨습니까?"

"훗, 단순히 놀랐다는 표현만으로 이 심정을 다 드러낼 수 있을까요?"

"맥 보좌관님."

"네, 백작님. 말씀하십시오."

지금이 맥과 이야기를 나눌 때인 것 같았다. 바율은 우선 사과부터 했다.

"보좌관님께 미리 말씀드리지 못한 건 죄송합니다. 가능한 한 모르시는 게 나을 듯해서 함구했던 건데, 강에서 그런 사고가 벌어지는 바람에 들통이 나고 말았네요. 너무 많은 걸 한꺼번에 알게 되셔서 충격이 꽤 크셨을 겁니다."

"아닙니다. 솔직히 엄청나게 놀라긴 했지만, 한참을 생각해도 그냥 받아들이는 수밖에 없더군요. 제가 뭘 어쩌겠습니까? 전 그저 백작님을 모시는 보좌관일 뿐인데요."

"제 보좌관을 계속하시겠다는 뜻인가요?"

"물론입니다. 요 며칠 제가 좀 추태를 보였지요. 그 점은 정말 송구스럽습니다. 사고가 마비되는 바람에……. 다시는 그런 일 없도록 하겠습니다."

"정말 괜찮으시겠어요? 이들이…… 두렵지 않으세요?"

바율이 마족들을 가리키며 묻자 맥 보좌관의 눈빛이 약간 흔들렸다.

상대는 마속이다. 일반 마속노 아니고, 신선까시 소유한 마신. 심지어 이제는 마계의 황제인 마황까지 와 있었다.

천계의 천신을 모시는 신전에 비할 바는 못 되나, 마신전도 대륙에 두루 분포되어 있었다.

천신을 모시는 사제들이 그들의 자비와 헌신에 감사하는 마음으로 신을 섬긴다면, 마신은 그 반대였다.

마신의 냉철함과 무자비함을 숭배하며 그것을 두려워하고 극복하면서 스스로를 단련하는 것이 마신전의 사제들이었다.

어떻게 보면 모순이 아닐 수 없었다. 악행을 저지르는 마족을 탄압해도 모자랄 판에, 신으로 맞이하다니.

"마족이라고 다 나쁜 건 아니니까요."

교과서적인 대답을 내놓으며 맥은 비로소 굴복했다. 바율의 보좌관인 이상, 이건 그가 안고 가야 할 문제라고 생각하기 때문이다.

'나도 언젠가는 이들처럼 익숙해지는 날이 오겠지.'

그때가 언제가 될지는 모르겠지만, 이곳의 모든 이들이 평화롭게 지내는 걸 보면 자신도 할 수 있었다.

하지만 그건 그의 착각일 뿐, 평화는 그리 오래 지속되지 못했다.

"참으로 요상한 일이군. 여기서 근 일 년쯤 지내지 않았나?"

우아한 자태로 맛있게 식사를 하고 있던 마황이 갑자기 어두운 안색으로 수하들을 일별했다.

"그런데 어째서 아직도 이런 요리를 못 만드는 거지?"

"그건 제 실력이 미천하여……."

막 다른 음식을 내오던 바르가 기어들어 가는 목소리로 답하자 크루델리스가 냉랭하게 쏘아보았다.

"이제 보니 데스가 아주 아량이 넓었군. 널 여태 살려 두었다는 게 믿기지가 않아."

차앙!

별안간 허공에 서늘한 검기를 뿜어내는 검 한 자루가 툭 튀어나왔다.

"화가 나."

"폐, 폐하?"

"이런 맛있는 음식이 있다는 것도 모르고, 이제까지 네 놈이 만든 그 냄새 나는 고깃덩이를 삼켜 왔다는 데 미치도록 울화가 솟구친다고."

"그, 그래서 지금 어쩌시려는 겁니까?"

당황한 바르가 부르르 몸을 떨며 슬금슬금 뒤로 물러섰다.

"내가 볼 때 넌 요리는 글렀다. 그만둬."

"아, 안 됩니다! 반드시 스승님께 요리를 배워서 훌륭한 요리사가 될 겁니다!"

"아니, 늦었어."

눈처럼 하얀 검이 천천히 자세를 취했다.

"남은 한 팔은 내가 수거하겠다. 그간 나를 능멸한 대가다."

마황의 검이 가차 없이 바르를 향해 날아갔다.

"바르! 잠깐 이리로 좀 와 봐요!"

그러나 식당을 한순간에 공포로 몰아넣은 검은 리타의 음성이 주방 쪽에서 흘러나옴과 동시에 모습을 감췄다. 리타가 볼 수 없도록 데스가 빠르게 탁자 밑으로 숨긴 것이다.

"네, 네! 스승님! 갑니다!"

바르는 이마에 흐르는 땀방울을 대충 손으로 문대며 즉시 리타에게로 달려갔다. 아몬과 아고스는 마황의 혹시 모를 폭주를 대비해서 있는 대로 마력을 끌어올렸다. 만일 식당에서 대참사가 벌어진다면, 몸을 던져서라도 리타를 구해 낼 작정이었다.

"얼씨구?"

그런 수하들의 민첩하고도 일사불란한 행동에 크루델리스가 어이없다는 듯한 표정을 지었다.

이 얼마나 우스꽝스러운 장면이란 말인가.

고작 인간 소녀 하나를 지켜 내겠다고 감히 자신에게 대항하는 모습이 기가 막혔다.

물론 마황이 그리 생각할 수 있는 것은 그가 아직 리타의 진가를 정확히 파악하지 못했기 때문이었다.

그저 눈앞의 음식이 맛있다는 것에만 정신이 팔려 이게 누구의 솜씨이고, 앞으로 이 음식을 먹기 위해선 무엇을 어떻게 해야 하는지 따위는 추호도 가늠하지 못했다.

그간 자신의 목구멍을 거쳐 간, 음식이라고도 말하고 싶지 않은 허접한 쓰레기들이 연이어 떠오르자 다시금 분노할 따름이었다.

"컹컹!"

"크르르릉!"

그때, 탁자 밑에서 아몬이 내미는 음식물을 넙죽넙죽 받아먹고 있던 보석 사인방이 돌연 불청객처럼 나타난 검을 발견하고는 무섭게 짖어 댔다.

한 녀석이 벌컥 물려고 덤벼드는 걸 아몬이 직전에 겨우 제압했다. 아무리 가드견이라지만 이 녀석들은 정말 겁이 없었다.

마황의 검이 주둥이에 닿는 순간, 녀석들은 그대로 얼어붙으리라. 그리고 바위에 부딪힌 유리컵처럼 산산조각이 나겠지. 아몬은 절대 그런 꼴을 볼 수 없었다.

"템페스타, 녀석들 좀 데려가 주겠어?"

맹렬하게 짖어 대는 사인방을 진정시킬 수 있는 가장 빠른 방법은 템페스타에게 부탁하는 것이었다.

"내 이럴 줄 알았다니까! 마황이라고 해서 좀 다를까 싶었는데, 역시나였어! 마족들은 하나같이 너무 버릇이 없는 게 문제야!"

"템페스타, 서둘러 줘."

"응, 바율! 나만 믿어!"

녀석은 마황을 향해 고개를 절레절레 젓고는 보석 사인방을 납치해 바람같이 내달렸다.

그나마 시중드는 다른 하녀들이 없었다는 게 천만다행이었다. 평소대로라면 접시를 나르고 식탁 위를 꾸미거나 정리하는 건 그들 몫이었는데, 이번에는 템페스타와 마족들이 수고해 주었다.

호슈에 아줌마와 리타는 주방에서 계속 요리를 하느라나와 볼 새가 없었고, 커닝 집사는 란데르트 공작이 저녁을 거르는 게 신경 쓰여 이 층에 올라간 상태였다.

"이제 흉물스러운 물건 좀 치우지?"

데스는 마황 못지않게 화가 끓어올랐다. 근 한 달 만에 맛보는 리타의 음식이었다. 가국에서 암만 극진한 성찬을 대접받아도 그녀의 요리와 비교할 수는 없었다.

그건 작금의 데스가 살아가는 이유였고, 그 음식을 먹는 일은 데스에게 있어 어떤 무엇보다도 우선시되는 사안이었다.

그걸 형이라는 작자가 엉망으로 만든 것이다. 여기가 해밀턴이 아니라 마계였다면 진심으로 놈의 모가지를 꺾어 버렸을지도 몰랐다.

"혹시 귀찮으면 내가 부숴 주고."

무려 마황의 권능이 담긴 검이었다. 그것을 부수겠다고 말하는 데스에게는 그 어떤 주저함도 없었다.

"엘라움은 내가 아끼는 검이다. 데스 네놈이라도 그런 식으로 말하는 건 용납할 수 없어."

엘라움은 한기를 내뿜고 있는 하얀 검의 이름이었다. 마황이 불쾌한 기색을 내비치자 데스가 우습다는 듯 받아쳤다.

"그럼 간수 잘해야겠네."

"뭐야?"

"내가 그놈을 언제 망가뜨릴지 모르겠거든."

엘라움을 향한 데스의 눈동자가 증오로 번뜩였다. 비단 지금의 사건만으로 저리 불타오르고 있는 것은 아닌 듯했다. 무슨 사연이 더 있는지는 모르겠다만, 그는 한 번만 더 엘라움이 눈에 띄면 정녕 무슨 짓이라도 저지를 분위기였다.

"크흠, 폐하. 리타 양이 돌아와서 이상하게 생각하기 전에 우선은 검을 치우시는 게 좋을 듯합니다."

마족 형제가 서로를 싸늘하게 노려보고만 있자 아몬이 큼큼거리며 중재에 나섰다.

"지금 폐하의 노여움이 얼마나 크실지 저희도 충분히 짐작은 갑니다. 총사령관님과 저희 모두 겪은 일이니까요."

아몬과 아고스는 바르보다 서열이 밑이라서 화가 나도 아무 말 못 했지만, 데스는 바르의 멀쩡한 팔을 단칼에 자른 장본인이었다.

당시 그의 분노는 현재의 마황과 크게 다를 바 없었다. 리타에게 요리를 배우는 일만 아니었으면 바르는 아마 일찍이 골로 갔을지도 모를 일이었다.

"하지만 이런 상황일수록 여느 때보다 신중하셔야 합니다. 폐하께서 맛보신 이 음식들! 이걸 요리한 사람이 누구입니까?"

"…그걸 내가 모를 거라 여기고 묻는 거냐?"

"당연히 아닙니다. 저는 단지 리타 양 앞에서는 조심하고 또 조심해야 한다는 말씀을 드리려는 것입니다."

"내가 왜 그래야 하지?"

마황이 눈살을 찌푸리며 언짢아하자 아몬은 속으로 한숨을 내쉬었다.

"이 음식들. 다음번에는 안 드실 겁니까?"

"…뭐?"

"오늘만 맛보고 안 드실 거냐고요."

"아니. 먹을 건데?"

인간들은 상상조차 할 수 없을 만큼 오랜 세월을 살아온 마황이었다. 그 긴 시간 동안 오늘처럼 미각을 자극하는 음식은 처음이었다.

먹어도 먹어도 질리지 않는 맛에 감격했고, 그럴수록 갈증은 심해졌다. 더 많이, 더 다양한 음식을 맛보고 싶다는 욕망이 그의 가슴에 생겨난 것이다.

"생각해 보십시오. 리타 양은 한없이 가녀리고 여린 인간 소녀입니다. 저희가 마족이란 사실을 전혀 모른다고요."

"…그래서?"

"그녀가 저희의 진짜 정체를 알게 되어도 지금처럼 요리를 해 줄까요?"

"나는 마황이다. 내가 시키면 마땅히 해야지. 말을 듣지 않으면 현혹의 기술을 쓰는 것도 나쁘지 않겠군."

"그랬다가 음식 맛이 달라지기라도 하면요? 인간이 권능에 지배당하면 어떻게 변하는지 폐하께서도 모르시진 않을 겁니다. 책임지실 수 있겠습니까?"

"……!"

마황은 둔기로 머리통을 얻어맞은 기분이었다. 아몬의

세밀한 설명을 듣다 보니 그제야 자신이 큰 실수를 할 뻔했다는 걸 깨달았다.

조금 전 바르의 팔을 잘랐다면 이곳은 아수라장이 됐을 것이고, 다시는 환상적인 요리 맛을 볼 수 없는 비극적인 결말을 초래할 수도 있었다.

침착하게 여러 상황을 따져 보니 수하들의 대처는 놀라울 정도로 훌륭했다. 상이라도 내려야 할 만큼.

"전 도박은 사절입니다. 그러니 폐하께서도 경솔하게 행동하지 마십시오. 계속 이 음식들을 맛보시려면 말입니다."

쐐기를 박는 아몬의 말에 마황은 정신이 퍼뜩 들었다. 그가 황급히 손을 한 번 휘젓자 엘라움이 소리도 없이 사라졌다. 그리고 때마침 리타가 바르와 함께 새 음식을 들고 나타났다.

"내가 이럴 줄 알았지."

탁자 위를 내려다보는 리타의 표정에 금이 가더니, 따가운 눈초리로 데스 형제들을 한 명 한 명씩 째려보았다.

"진짜 해도 해도 이건 너무 심하지 않아요? 최소한의 양심이 있다면 적어도 도련님 드실 건 남겨 둬야죠! 제가 언제까지 이런 잔소리를 해야 해요?"

"리타, 우리 그렇게 많이 안 먹었어."

"맞아요. 되게 천천히 먹었는데……."

"난 아직 양도 안 찼는걸."

"본인들 앞에 쌓여 있는 접시는 보고 말하는 거예요?"

리타가 눈이 있으면 잘 보라는 듯 손가락으로 그들의 빈 접시를 마구 가리켰다.

"도련님, 얼마나 드셨어요? 고기도 몇 조각 못 드셨죠?"

"아니야, 리타. 나도 열심히 먹었어."

"거짓말 마세요. 도련님 식사 속도면 겨우 두 조각 정도 드셨을걸요? 그나마도 구운 호박이랑 가지 몇 개가 다였을 거고요."

바율은 정말이지 찔끔했다. 리타가 너무나 정확히 맞췄기 때문이다.

주방에서 이쪽을 몰래 살피기라도 한 걸까?

그랬다면 마황의 추태(?)를 보았을 텐데, 하나도 놀라지 않은 걸 보면 다행히 그건 아닌 듯했다.

"그리고 참, 하얀 아저씨."

리타의 삐뚤어진 시선이 크루델리스에게로 향했다.

"저한테 많이 안 먹는다고 하지 않았어요?"

"…내가 그랬던가?"

"데스 씨 형님이라서 당연히 믿지는 않았는데, 역시나 대단하시네요. 이 짧은 시간에 음식이 이렇게 동이 나다니. 그저 기가 찹니다, 기가!"

리타의 질책에도 마황은 딱히 반박할 말이 없었다. 그녀의 말에는 틀린 부분이 없었다.

감히 마계의 황제인 자신에게 겁도 없이 불경을 저지르고 있었지만, 어째선지 한마디도 할 수가 없었다.

함부로 입을 놀렸다가는 엄청난 보복이 뒤따를 거란 생각이 본능적으로 들어서였다. 지금은 수하들처럼 얌전히 있는 것이 최선이었다.

"앞으로 식비가 두 배 이상 늘 것 같네요."

제국 최고의 부자 가문인 레오네트 백작가에 비할 바는 못 되겠지만, 사치와는 거리가 먼 삶을 살아온 공작이기에 오래도록 지속된 재해에도 불구하고 란데르트 공작가의 재정 상태는 제법 내실이 탄탄한 편이었다.

리타가 걱정하지 않아도 될 만큼 충분히 안정적인 자금력을 갖추고 있다는 뜻이었다.

물론 하녀 신분인 리타가 그런 부분까지 세세히 알 수는 없었다.

바율의 짐작이지만, 그녀의 예산 걱정은 아마도 캐링스턴 저택에서 살림을 도맡아 하기 시작하면서 생긴 일종의 강박 관념 같았다. 란데르트 공작의 근검절약하는 모습을 보고 자라 왔으니, 자신 또한 그래야만 한다고 여기는 것이다.

'그래도 그런 문제로 너무 부담 갖지는 않았으면 좋겠는데…….'

바율의 염려를 아는지 어쩐지, 리타는 가져온 음식을 바율 앞에 내려놓고는 다시 주방으로 휙 사라졌다.

그녀의 노골적인 챙김에 바율은 괜한 민망함이 들었지만, 음식을 물리지는 않았다. 마족들의 탐욕스러운 눈길에도 아랑곳하지 않고 꿋꿋하게 음식을 입에 넣었다.

"그냥 납치하는 게 어때?"

"쿨럭!"

마황의 툭 내뱉는 말에 바율은 하마터면 입안에 있는 걸 모두 쏟아 낼 뻔했다. 마족들의 생각은 어찌 이토록 한결같단 말인가.

그래도 데스는 '스카우트'라는 표현이라도 썼지, 마황이 입에 담은 '납치'라는 질 나쁜 단어에 바율은 속에서 슬쩍 부아가 났다.

"정중히 굴겠다는 말씀, 잊으신 겁니까?"

"여기서 더 얼마나 정중해야 하지?"

"리타는 제게 여동생 같은 아이입니다. 마계로 데려갈 생각 같은 건 하지도 마십시오."

꽤 강경한 바율의 모습이 신기하다 느껴졌는지, 마황이 답은 않고 멀거니 쳐다만 봤다. 바율이 그 눈빛을 피하지 않고 맞받아치자 실내에 어색한 기류가 감돌았다.

"마황이란 작자가 하나만 알고 둘은 모르지."

그때 데스가 혀를 차며 빈정거렸다.

"납치해서 뭘 어떡할 건데? 리타가 순순히 요리를 한다고 치자. 그게 얼마나 가겠어?"

"한 5년은 될까요? 사령관님과 친화력이 높으니, 좀 더 버틴다고 해도 아마 10년 안팎일 겁니다. 인간은 원래도 오래 살지 못하는 데다가, 마계의 대기는 오염도가 높으니까요."

"인간이 머물기엔 벅찬 곳이지요."

아몬과 아고스의 부연에 크루델리스가 작게 '아!' 소리를 뱉었다. 음식 맛에 홀려서 재차 깊은 생각을 하지 못한 것이다.

"오늘 여러모로 내가 모자란 모습을 많이 보였군."

마계에선 비상한 두뇌를 여러 번 뽐내곤 했는데, 인간계에선 어째 얼뜨기 같은 짓만 하고 있었다. 그 사실을 자각하자 스스로에 대한 혐오감에 마황의 안색이 차갑게 가라앉았다.

"바르 형님께서 리타 양에게 열심히 배우고 있으니, 폐하께서도 시간을 좀 주십시오. 리타 양이 말은 쌀쌀맞게 해도 형님을 무척 위해 주곤 합니다."

"내 눈엔 전혀 그렇게 안 보이던데."

뭐, 그게 중요한 건 아니었다. 녀석이 이후로 먹을 만한 음식을 만들어 내느냐, 아니냐. 마황에게는 오직 그것만이 관심사였다.

"바르한테 정신 똑바로 차리고 배우라고 해. 다음엔 엘라움이 허공만 가르지는 않을 테니까."

"아몬! 아고스! 이쪽으로 와서 음식들 좀 날라요! 템페스타는 대체 어디 간 거야?"

많이 먹는다고 있는 대로 구박을 해 놓고는 리타가 주방에서 소리쳤다. 마황의 서슬 퍼런 경고에 주눅이 들어 있던 아몬과 아고스가 기다렸다는 듯 냅다 일어나 리타의 명을 수행했다.

바율은 상황이 일단락된 것에 안도하며 맥을 챙겼다.

"맥 보좌관님, 좀 놀라셨죠? 이제 끝난 것 같으니, 어서 마저 드십시오."

"네? 아, 네…… 알겠습니다."

간신히 찾았던 마음의 평화가 마족들의 실랑이로 인해 산산이 무너졌다. 자리를 피하지도 못하고 얼어붙어 있던 맥은 겨우 숨을 몰아쉬며 강하게 포크를 손에 쥐었다.

가슴이 여전히 쿵쾅거렸다.

아무리 만월 기사단이라고는 하나, 이언 경과 사다드 경도 그와 같은 인간이었다.

한데 그 둘은 너무나 아무렇지도 않게, 옆의 마족들이 뭔 짓을 하든 별 관심 없다는 양 식사를 하며 서로 안부를 주고받고 있었다.

리타의 음식이 마족에게 끼치는 영향력이 얼마나 지대한지 잘 아는 그들이기에 그럴 수 있다는 걸 맥은 이때는 미처 몰랐다.

"맥 보좌관님, 이것도 드셔 보세요."

깨작거리는 그의 앞에 리타가 부드러운 말씨로 버터 향이 가득한 막 구워진 빵을 내려놓았다. 부러움에 찬 마족들의 시선이 일제히 그에게로 향했다.

맥은 그 순간 한 가지 진실을 깨우쳤다.

이 집의 실세는 리타 양이었구나.

"감사합니다, 리타 양."

눈웃음을 지으며 맥은 다짐했다. 앞으로 그녀에게 더 잘 보이겠노라고. 왠지 그래야만 자신의 안전 역시 확보될 것 같았다.

Chapter 5.
만월 기사단의 힘

1.

날이 밝았다. 아침 일찍 눈이 뜨이자마자 바율은 재스퍼와 함께 어머니와 바일의 무덤 앞에 수국을 가져다 놓았다. 어머니는 돌아가신 게 아니라 정령계에 계신다는 걸 이제는 알고 있지만, 바일이 어머니께 드리는 인사 대신이라고 생각했다.

털썩.

바율은 무덤가에 다리를 뻗고 주저앉아 멍하니 하늘을 올려다보았다. 본격적으로 여름이 찾아온 해밀턴의 공기는 오전임에도 뜨거운 열기를 품고 있었다.

그러나 양떼구름이 가득한 파란 하늘만은 투명하리만치

맑고 푸르렀다.

　바율! 여기야, 여기!

　한참을 그러고 있는데, 문득 어디에선가 형의 음성이 들려왔다. 바율은 다급히 주변을 휘둘러보았지만, 바람 소리와 새의 지저귐만이 들릴 뿐이었다.

"컹!"

　그런 바율이 이상했는지, 곁에 있던 재스퍼가 앞발 하나를 바율의 허벅지에 올리며 작게 짖었다.

"그래. 하긴 진짜로 소리가 난 거라면 네가 먼저 알아챘겠지."

　형에 대한 그리움이 불러낸 환청이었으리라.

"훗."

　바율은 불쑥 웃음이 새어 나왔다. 예전에 그는 정령들의 목소리뿐 아니라 이런 환청에도 예민하게 반응했었다. 불현듯 바일을 죽게 했다는 죄책감으로 온갖 나약하고 추악한 상상에 빠져 지냈던 지난 시간이 떠올랐다. 지금의 모습과는 달라도 너무 달랐다.

　"바율, 공작 전하께는 언제쯤 말씀드릴 계획이

야? 솔직히 겁도 나지만…… 늦은 만큼 더 큰 죗값
을 치러야 한다고 생각해."

캔자스시에서 헤어지기 전 로건이 바율에게 했던 말이
다. 녀석은 '죗값'이라고 했다.

아버지께 정녕 말씀을 드려야 할까?

겨우 아버지와의 관계를 회복하였는데, 이제 와서 굳이
지나간 상처를 다시 거론하는 게 과연 옳은 일일까?

형의 죽음에 대한 진실을 아버지께서도 마땅히 아셔야
하는 것은 맞다.

하지만 로건, 더 나아가 세이모어 백작가를 아버지께서
어찌하실지 모르기에 바율은 두려웠다.

더욱이 지금은 이미 어머니에 대한 소식만으로 충분히
괴로워하고 계신다. 그런 아버지께 더한 고통을 안겨 드릴
수는 없었다.

아직은 때가 아닌 것 같아.

"왜 난 여전히 그날의 기억이 돌아오지 않는 걸까."

그때만 생각하면 바율은 늘 컴컴한 어둠 속을 거니는 기
분이었다.

2.

"도련님, 영주님께서 아침부터 계속 찾으셨습니다."

해가 점점 머리맡으로 다가오자 그늘에 있어도 땀이 날 정도로 더워졌다. 바율은 바일에게 아쉬운 작별을 고하고 성내로 복귀했다. 그런 바율에게 커닝 집사가 아버지의 부름을 전했다.

"영지에 무슨 일이라도 생긴 건가요?"

거주의 자유가 있는 제국민들이 해밀턴으로 몰려들고 있다고 했다. 사람들이 많아지면 그만큼 사고도 늘어나는 법이다. 바율이 걱정스럽게 묻자 커닝 집사가 그랬다면 자신도 전해 들었을 거라고, 그건 아닌 것 같다며 바율을 안심시켰다.

똑똑.

"아버지, 저 왔습니다."

바율이 공작의 집무실 문을 열고 들어가자, 사다드와 심각한 얼굴로 얘기를 나누고 있던 공작이 바율에게 어서 와서 앉으라며 맞은편 자리를 내주었다.

"아침부터 찾으셨다고 들었습니다. 영지에 문제라도 터진 겁니까?"

"네, 도련님. 그것도 아주 큰 문제입니다."

공작을 대신해서 답하는 사다드의 미간에는 짙은 주름이 잡혀 있었다. 아버지의 표정으로 보건대 보통 일이 아닌 모양이었다.

"여기를 보십시오."

사다드가 탁자에 놓인 지도의 한 부분을 손가락으로 찍었다.

"이건…… 해밀턴의 지도가 아닙니까?"

도시의 중심부터 외곽의 공작령까지 매우 상세하게 표시된 지도였다.

"근데 이 돌들은 뭐죠?"

지도 위에는 의미를 알 수 없는 자갈들이 놓여 있었다. 도시 중앙에는 자갈의 개수가 많은 반면, 변두리로 갈수록 그 수가 줄어들었다.

"인구 밀도를 나타낸 것입니다."

"아."

바율은 고개를 끄덕이며 이해했다. 도심지일수록 많은 시민들이 살고 있으니 자갈의 수가 많은 건 당연했다.

"이것도 보이십니까?"

사다드가 사각형의 나무통을 흔들자 그 속에 담긴 자갈들이 서로 부딪치며 소음을 냈다. 영문을 알 수 없는 그의 질문에 바율이 눈만 깜박거리자 그가 그 자갈들을 전부 지도의 중심에다가 부었다.

"지금 해밀턴의 상황입니다."

"…그러니까 이들이 다 이주민이라는 말씀입니까?"

"네."

"이 자갈 전부가요?"

"그렇습니다."

재차 묻는 바율에게 사다드는 그렇노라고 강조하며 대꾸했다.

"아버지…… 이래도 괜찮은 건가요? 해밀턴에서 이들을 다 감당할 수 있는 겁니까?"

자갈의 수가 너무 많았다. 해밀턴 전역으로 분산이라도 되면 좋으련만, 막 이주한 이들에게는 일자리가 필요하다. 자연스레 일거리가 많은 중심지로 몰릴 수밖에 없는 것이다.

바율은 사다드가 큰 문제라고 말한 이유를 비로소 깨달았다.

"현재로선…… 어렵다."

지도를 내려다보는 란데르트 공작의 낯빛은 딱딱하게 굳어 있었다. 눈 밑이 평소보다 거뭇하신 걸 보니 어젯밤 잠도 제대로 주무시지 못한 게 분명하다.

안 그래도 어머니 일로 마음이 복잡하신데, 이주민들 문제까지 골치를 썩이고 있으니 바율은 어쩐지 죄스러운 기분을 떨칠 수가 없었다. 이 모든 게 전부 제 탓인 것만 같았다.

"죄송합니다. 괜히 저 때문에……."

"으잉? 도련님께서 왜 죄송해하십니까? 이건 아주 좋은 현상입니다."

"…하지만 갑작스럽게 인구가 늘면 도시가 마비될 수도 있다고 아카데미에서 배웠는걸요. 영지를 재정비하려면 많은 돈과 시간도 있어야 하고요."

"도련님께서 학업에 열심이신 것 같아 참으로 다행입니다. 벌써 란데르트 공작가의 밝은 미래가 그려지는 듯하군요."

조금 전의 심각하던 눈빛은 어디 가고 사다드가 농을 던졌다.

하나 그의 음성은 금세 다시 진지해졌다.

"도련님의 말씀이 맞습니다. 해밀턴이 북부에서 제법 큰 도시라고는 하지만, 캐링스턴이나 황도에 비하면 규모가 작아도 한참 작지요. 마침 여름이고, 이주 초반이라서 어떻게 버티고는 있으나, 겨울이 오면 본격적으로 문제가 대두될 겁니다."

사다드가 자갈들을 나무통으로 옮겨 담으며 계속 말했다.

"가장 먼저 식량난부터 터지겠죠. 먹거리가 사라지면 물가도 껑충 뛰어오를 거고, 머물 곳이 없는 자들은 노숙을 하다가 얼어 죽을 테고요. 그렇게 되면 아마 흉흉한 소문도 나돌 겁니다."

희망을 안고 찾아온 곳에서 절망과 조우하는 신세로 전락하게 된다는 이야기였다.

"방법이 없는 겁니까? 이제라도 이들을 다른 곳으로 보내야 하지 않을까요? 고향으로 돌아가라고 하면 안 돼요?"

공작은 어두운 눈빛으로 고개를 가로저었다.

"여기까지 오기 전, 이미 많은 것을 정리하고 왔을 터. 설득하기가 결코 쉽지 않단다."

"죄송해요, 아버지……."

바율은 또 죄송하단 말이 튀어나왔다. 의도한 바는 아니지만, 어쨌든 그의 영향이 컸다. 겨울이 오기 전에 당장 대비를 해야 할 텐데, 그야말로 머릿속이 하얬다.

"바율 도련님, 제가 한 말씀 어디로 들으신 겁니까? 이건 아주 좋은 현상이라니까요. 땅덩이만 크면 뭐합니까? 사람이 살지 않으면 다 소용없는데."

"……?"

"지금이야말로 해밀턴이 도약할 기회입니다. 이곳이 이렇게까지 성장할 수 있었던 건 전부 공작 전하의 노력 덕분이었습니다. 하지만 워낙에 척박한 땅이었기에, 그것도 한계가 있었지요."

사실 이토록 변화한 것도 기적이나 다름없었다.

"그러나 저희에게는 이제 바율 도련님이 계십니다."

"네?"

바율은 사다드가 갑자기 자신을 거론하는 이유를 전혀 이해하지 못했다.

"제국의 위대한 첫 번째 정령사가 아니십니까! 사대 정령 모두가 상급으로 진화했다고 들었습니다. 정식으로 정령들의 힘을 빌려주십사 부탁드리는 바입니다."

"…녀석들이 뭘 해야 하는 건데요?"

바율은 여태 재해 복구만 생각했었다. 해밀턴에 내리던 비를 멈추게 했으니 한동안은 정령들이 크게 도울 일이 없을 거라고 여겼는데, 무엇을 해 달라는 것인지 어리둥절할 따름이었다.

"이주민들을 이주시킬 생각입니다."

"이주민들을 또다시 이주시킨다고요? 어디로요?"

바율이 묻자 사다드가 씨익 웃더니 다른 지도를 꺼내 펼쳤다. 맨 위에 랑트라는 글자가 보였다.

"랑트가 어디죠?"

바율은 처음 보는 지명이었다.

"녀석, 아무리 관심이 없어도 그렇지. 네 땅의 이름도 모르는 게냐?"

"예? 아버지, 그게 무슨……."

"폐하께서 네게 하사하신 땅이니라."

"아……."

바율은 멍한 얼굴로 그저 '아' 소리밖에 내지 못했다. 황도에 비를 내린 공으로 바율은 관직과 작위를 하사받았다. 당시 그것 말고도 여러 가지를 한꺼번에 받는 바람에 다 기억은 안 나지만, 분명 땅도 포함되어 있었다.

"폐하께서 제게 주신 영지가 랑트였군요."

"아직 학생이신 도련님을 대신해서 공작 전하께서 관리하고 계셨습니다. 더 정확히 말씀드리면 공작 전하의 명으로 모든 실질적인 업무는 제가 맡았지요."

사다드가 짐짓 생색을 내며 덧붙였다.

"랑트는 해밀턴과 마찬가지로 거친 땅입니다. 암석이 많이 분포된, 어찌 보면 여기보다 더욱 메마른 곳이지요."

"사람이 살고는 있나요?"

"그럼요. 인간의 생명력은 의외로 대단해서 어디서든 뿌리를 내리고 살아갈 수 있답니다."

"랑트는 제국의 어디쯤에 위치하고 있습니까?"

바율은 민망함을 애써 숨기며 물었다. 아무리 직접 관리

하지 않았다고는 하나, 자신의 영지가 어디에 박혀 있는지도 모르고 있었다는 게 조금은 창피했다.

"거리만 놓고 보면 해밀턴과 그리 멀지 않습니다. 하지만 빙 둘러가야 하기에 말을 타고 가면 열흘 이상 걸리지요. 마차로는 아예 이동이 불가능하고요."

"혹시 산으로 막힌 건가요?"

"눈치가 빠르시네요."

사다드가 탁자 끝에 놓인 작은 돌 조각상을 가져와 해밀턴과 랑트의 지도 중간에 놓았다.

"이처럼 거대한 돌산이 가로막고 있습니다. 해밀턴을 통하지 않고서는 갈 수 없는 고립된 곳이라서 사람이 살고는 있으나 도시로 번화하지 못했고, 주인 없는 땅으로 버려져 있었던 겁니다."

"그렇군요……."

"비옥한 땅을 하사받지 못해서 시무룩한 게냐?"

풀이 죽은 듯한 바율의 모습에 란데르트 공작이 웃으며 아들의 머리를 쓰다듬었다.

"이미 그런 곳에는 주인들이 있단다. 아나노 폐하께서 주실 수 있는 땅 중에서 가장 적합한 장소가 랑트였을 것이다. 해밀턴과 가까우니 말이다."

"도련님이 아무리 예뻐도 남의 땅을 빼앗아서 줄 수는

없으니까요. 뭐, 황실의 땅이라도 떼어서 주셨다면 참 좋았겠지만, 우리 폐하께서 은근 짠돌이신지라…….”

공작이 엄한 기색으로 눈짓을 주자 사다드가 급하게 말꼬리를 흐리며 화제를 돌렸다.

“아무튼, 여기 랑트로 새로운 이주민들을 이주시키는 것이 대안이 될 수 있을 듯합니다. 도련님 생각은 어떠신가요?”

“돌산으로 막혀 있다면서요. 마차도 가기 힘든 곳을 사람들이 가려고 할까요?”

“그러니까 길을 뚫어야죠!”

“길이라니요?”

사다드가 돌 조각상을 들더니 아래 부근에 깃펜을 가로 모양으로 갖다 대었다.

“터널을 만드는 겁니다.”

“터널이라면…… 돌산을 통과해서 말인가요?”

“네! 셰임이라면 가능하지 않겠습니까?”

“어…….”

바율은 머릿속을 굴려 보았다. 셰임이 할 수 있을까? 상급 정령이 되었으니 될 것 같긴 한데…….

“근데요, 사다드 경.”

“네, 도련님. 말씀하십시오.”

"터널을 만들었다고 쳐도, 사람들이 랑트에서 살고 싶어 할까요? 해밀턴보다 훨씬 척박한 곳이라면, 자리 잡기도 힘들 텐데요. 당장 올해 겨울을 어떻게 버티겠습니까?"

"그건 걱정 마십시오. 제가 다녀와 본 결과, 충분히 살고도 남습니다."

"바율 네가 터널을 만들 수만 있다면 이주민들을 설득하는 건 그리 어렵지 않을 것 같다. 할 수 있겠느냐?"

염려 섞인 아버지의 물음에 바율은 저도 모르게 고개를 주억였다.

"네, 아버지. 그 정도는 할 수 있을 것 같아요."

자신 때문에 생겨난 일이었다. 셰임 혼자 해낼 수 없다면, 다른 정령들이 도우면 어떻게든 될 것이다. 바율은 캐링스턴으로 돌아가기 전에 아버지의 시름을 꼭 덜어 드리고 싶었다.

"역시! 도련님이라면 해내실 거라고 믿었습니다!"

아직 시작도 안 했는데, 사다드는 벌써 싱글벙글거렸다.

"한데 이주민들이 어떻게 자리를 잡을 거라는 말씀인가요?"

"수질이 훌륭한 온천수가 있더구나."

"…온천수요?"

"도련님께서 허락하신다면 이곳을 온천 도시로 발전시

킬까 하는데, 어떠십니까?"

온천 도시?

가국에서의 경험이 떠올랐다. 노곤한 몸을 풀어 주는 게, 무척이나 기분이 좋았던 기억이 난다.

"아마 잘만 진행하면 랑트를 유명한 관광 도시로 탈바꿈할 수 있을 겁니다."

온천 도시, 랑트.

얼떨떨한 표정을 짓고 있는 바율에게 사다드가 저만 믿으라는 듯 자신 있게 웃으며 가슴을 내밀었다.

3.

바율은 늦어도 닷새 후면 캐링스턴으로 떠나야 하는 몸이었다. 그렇기에 바율의 영지인 랑트를 온천 도시로 만들겠다는 사다드의 야망(?)을 실현하기 위해선 꾸물거릴 시간이 없었다.

바율이 금번 도시 개발 계획에서 맡은 가장 중요한 임무는 돌산에 터널을 뚫는 것이었지만, 그 외에도 영지 곳곳을 돌며 대략적으로 손을 좀 볼 예정이었다.

단기간에 이주민들이 정착해서 편히 살 수 있을 정도의

도시로 발전시키려면 많은 작업이 수반되어야만 했다.

바율은 그 작업의 토대를 정령의 힘으로 해결할 생각이었다. 영지를 직접 보지 못해서 아직은 막연한 구상일 뿐이지만, 이주민들의 불편함을 최소화할 수 있도록 할 수 있는 것은 뭐든 해 주고 싶었다.

자잘한 뒷마무리는 사다드가 믿고 맡겨 달라고 했으니, 완성된 랑트의 모습을 보려면 겨울 방학까지는 꼼짝없이 마음속으로 그를 응원하는 수밖에 없었다.

그렇게 무더위 속에서 엄청난 강행군이 시작되었다. 랑트는 알려진 바가 별로 없는 미개척 영토였기에 어떤 변수가 생길지 몰랐다.

대량의 몬스터가 갑자기 출몰할 수도 있었고, 작업 중에 사고가 나지 말란 법도 없었다.

해밀턴의 중대 과업과 연계된 만큼 란데르트 공작은 물론이요, 수십 명의 만월 기사단이 번쩍이는 갑옷을 착용한 채 그의 뒤를 따랐다.

일반 병사는 어림잡아 일백은 되어 보였고, 인부와 잡역부의 수는 그 몇 배는 되는 것 같았다. 식량과 생필품을 실은 수레가 끊이지 않는 줄이 되어 랑트를 향해 나아가고 있었다.

"바율, 괜찮으냐?"

"저보다는 아버지와 기사분들이 걱정입니다. 이런 날씨에 갑옷까지 착용하셨으니, 땀띠라도 나실까 염려됩니다."

"땀띠?"

생전 그런 말은 들어 본 적 없다는 듯 공작에게서 쉰 음성이 새어 나왔다. 그러자 옆에서 말을 타고 가던 사다드가 입을 가리며 쿡쿡거렸다.

"…제가 말실수라도 한 건가요?"

바율은 진심으로 걱정이 되어 한 말이었다. 웃기려거나 공작을 망신시킬 의도 같은 건 절대, 조금도 없었다.

"저는 그저 시원한 바람이라도 쐬게 해 드리고 싶어서…… 혹시 아버지께선 더위를 전혀 안 타시는 건가요?"

그렇게 물으며 바율은 아버지의 얼굴을 유심히 살펴보았다. 그리고 자신이 실언했음을 인정했다. 땀띠는커녕 땀이 난 흔적조차 없으셨기 때문이다. 강행군에도 불구하고 아버지의 모습은 평온 그 자체였다.

"마에스터의 경지에 이르신 공작 전하께선 더위뿐 아니라 추위도 타지 않으십니다. 와이번의 발톱도 튕겨 내실 만큼 강인한 육체를 지니신 분께, 땀띠라니요? 바율 도련님께선 공작 전하를 너무 모르십니다."

사다드가 웃으며 던진 말에 바율은 얼굴이 붉어졌다. 그가 무안을 주려고 한 말이 아니라는 건 바율도 알았다.

하지만 듣고 나니 자신이 아버지에 대해서 많은 것을 모르고 있다는 걸 새삼 자각했다.

'아무리 소원한 사이였다지만, 내가 아버지께 너무 무관심했던 것은 아닐까?'

바일의 몫까지 아버지를 더 챙겼어야 했는데, 매번 움츠러들고 눈치만 보느라 그러지를 못했다. 안 그래도 죄송한 것들이 산더미인데, 그걸 언제 다 만회할 수 있을지 모르겠다.

"아무래도 사다드가 더위를 먹은 모양이다. 저리 쓸데없는 소리를 늘어놓는 걸 보니, 바람보다는 물벼락이 나을 것 같구나."

바율이 시무룩해진 것을 알아챈 공작이 사다드를 핀잔하자 이언이 거들었다.

"저도 같은 생각입니다, 공작 전하. 수행 업무 평계로 연무장에서도 도통 볼 수가 없더군요. 만월 기사단의 체면이 있지, 이참에 개인 교습이 좀 필요할 듯싶습니다."

"이언 선배! 왜 갑자기 불똥이 그쪽으로 튀는 겁니까? 훈련에 가끔 빠진 건 사실이지만, 제 실력 아직 죽지 않았거든요?"

"그래? 헤이즈랑 겨뤄서 몇 합이나 버틸 수 있지?"

"그건…… 대련을 해 봐야 알겠지만, 날이 저물 때까지는 판가름 나기 힘들걸요?"

턱을 들곤 고집스럽게 뻗대는 사다드를 피식거리며 바라보던 이언이 뒤쪽을 향해 소리쳤다.

"어이, 헤이즈! 들었어? 널 상대로 날이 저물 때까지 버틸 수 있다는데, 어떻게 생각해?"

"사다드 선배가 제게 도전하시는 겁니까?"

멀찍이 떨어져서 이동하고 있던 헤이즈가 고삐를 틀며 다가왔다.

"이 녀석이 실내에만 틀어박혀 지내는 바람에 몸이 근질근질한가 봐. 잠시 쉬어 갈 겸 가볍게 몸풀기 한번 들어갈까?"

"몸풀기 좋죠. 저는 언제든 준비되어 있습니다."

뜨거운 태양 아래에서 헤이즈의 적색 머리칼이 유난히 붉게 반짝였다. 그녀는 당장에라도 검을 뽑아 대련을 시작할 기세였다.

"와! 저 지금 다구리당하는 겁니까? 제가 하루에 처리해야 하는 업무량이 얼마나 되는지는 아세요?"

"그게 지금 무슨 상관인데?"

"공작 전하, 공작 전하께서도 말씀 좀 해 주십시오! 이언 선배랑 헤이즈가 저를 얼마나 한심하게 봤으면 이렇게 나오겠습니까? 제가 잠잘 시간도 없을 만큼 바쁘다는 거, 공작 전하께서 제일 잘 아시잖아요! 아닙니까?"

"…그런가?"

"컥! 그런가, 라니요! 여기선 그렇지, 라고 말씀하셨어야죠!"

"내 입인데 내 맘대로 말도 못 하나?"

억울해서 날뛰는 수하에게 무뚝뚝하게 답하고는 란데르트 공작이 바율을 돌아보았다.

"물벼락은 아직 더 기다려야 하는 게냐?"

"…네?"

"다들 참고 있는 거지, 상당히 더울 게다. 찬물을 뒤집어쓰면 얼마간은 시원하겠지."

"그래도 물벼락은 좀 그렇지 않을까요? 축축해져서 되레 찝찝할 수도 있고, 옷이 무거워지면 이동하는 데도 지장이 생길 텐데요."

"이런 날씨면 그런 생각할 틈도 없이 금방 마를 것이다."

오늘 안에 돌산의 입구까지 당도해야만 했다. 일정이 촉박해서 점심은 과일이나 육포로 대충 때우고, 대신 목적지에 도착해서 저녁을 챙겨 먹을 예정이었다. 거기서 노숙으로 하룻밤을 보낸 뒤 아침이 되면 바로 터널 작업에 착수할 참이었다.

쉬어 갈 겨를이 없으니 아쉬운 대로 물벼락이라도 뿌려서 기분 전환을 해 주자는 게 공작의 의도였다.

"이노센트, 다 들었지?"

바율이 부르자 이노센트가 순식간에 나타났다. 물벼락을 뿌리는 건 녀석이 제일 좋아하는 놀이였다.

"진짜 해도 되는 거지?"

바율에게 확인 차 묻는 이노센트의 얼굴에 사악한 미소가 감돌았다. 그녀가 공중으로 떠올라 멀리까지 이어진 사람들을 힐긋거리고는 가볍게 손가락을 튕겼다.

쏴아아아!

땀을 비 오듯 흘리며 지친 상태로 행진하던 일행들이 갑작스레 퍼붓는 물벼락에 깜짝 놀라 비명을 터뜨렸다.

처음엔 다들 폭우가 쏟아지나 생각했지만, 이내 물의 정령의 짓이라는 걸 금세 파악했다.

이노센트가 보란 듯이 허공에 물의 궤적을 남기며 사람들의 사이사이로 날아다녔기 때문이다. 청순한 미모와는 조금도 어울리지 않는, 말괄량이 같은 웃음소리를 내면서 말이다.

잠시 못 말린다는 듯 고개를 젓던 바율은 템페스타를 대신해서 직접 바람을 일으켰다. 녀석은 바율의 부탁을 받아 셰임과 함께 돌산으로 미리 탐사를 떠나고 없었다.

사아아—

그리 약하지도, 세지도 않은 바람이 젖은 몸에 와 닿자 더위가 일거에 가셨다. 생각지도 못한 호사에 만월 기사단

뿐 아니라 병사들과 인부들의 표정이 한순간에 밝아졌다.

옷이 젖는 것 따위는 아무도 신경 쓰지 않았다. 중요한 물건들은 이미 꽁꽁 싸매 둔 상태였다. 사람들은 온몸으로 시원함을 만끽하며 이노센트의 뒤통수를 쫓느라 시선들이 바빠졌다.

"이번엔 기억의 조각을 얻은 게 없다지?"

내심 기대를 했었는지 공작이 가라앉은 음색으로 바율에게 물었다.

"네, 아버지. 사대 정령 모두 새로운 기억을 찾지 못했습니다."

"혹시 드래곤의 기운이 섞였기 때문이냐?"

바율이 세라리카의 브레스를 그대로 흡수하고 나서 벌어진 결과였다. 란데르트 공작은 그게 연관이 있지는 않을까 의심이 갔다.

"그건 저도 모르겠습니다. 실은 아직 때가 되지 않았는데 녀석들이 상급으로 너무 빨리 진화된 것은 아닌가 하는 생각도 들거든요. 물론 제가 각성한 탓에 일이 그렇게 됐을 수도 있겠지만요."

"네 각성은 시기가 적절했다. 만약 그때 네가 그렇게 되지 않았다면, 드로우 후작을 쉽게 잡아들이지도 못했을 테니까."

"그자는 짐작했던 것보다 더 악랄했습니다. 자신의 치부를 숨기기 위해 죄 없는 영지민들까지 전부 죽이려고 했어요. 평생을 지하 감옥에서 보내야 할 겁니다."

당시를 떠올리자 바율은 다시금 분노가 치밀었다.

"물욕에 완전히 눈이 멀었더구나. 그간 쌓아 두었던 공로가 있어 재판이 쉽게 끝나지 않고 있지만, 그렇다 한들 좋은 결과를 얻지는 못할 것이다. 그러니 너무 마음 쓰지 말거라."

"제국엔 드로우 후작 같은 귀족이 더 있겠죠?"

평생 아버지만을 보며 살아온 바율이었다. 그렇기에 드로우 후작의 만행을 보고 처음엔 어이가 없었고, 나중에는 도저히 화가 나서 참을 수가 없었다.

"이참에 감찰 대신이라도 되고 싶은 게냐?"

"그건 아니지만…… 핍박받는 영지민들이 너무 불쌍합니다. 그들을 보호해야 할 영주가 오히려 그러면 안 되는 거잖아요."

"그렇지. 안 되지."

하나 그 당연한 이치를 지키지 못하는 귀족들이 건재하다는 게 문제였다.

"바율 도련님. 공작 전하께서 늘 염려하시는 바가 바로 그런 부분입니다. 해서 이미 알게 모르게 손을 쓰고 계시니, 심려 놓으세요. 도련님께서 집중하실 일은 정령사로서 재난을 복구하고, 영지를 발전시키는 것입니다."

사다드와의 실랑이를 끝낸 이언이 수행 기사인 본연의 자세로 돌아왔다. 그의 말투는 부드러웠지만, 바율은 어쩐지 그 속에서 나무라는 기색이 느껴졌다.

"이언 경께선 제가 캔자스시에서 신중하지 못했다고 여기시는 겁니까?"

"걱정되어 드리는 말씀이었는데, 불쾌하셨다면 사죄드립니다."

"이언은 네가 그런 일에 휘말려서 좋을 게 없다는 걸 말하고 있는 게다. 드로우 후작 건은 명분이 워낙 확실해서 조용히 넘어간 거지, 네가 거기서 벌인 일 중 무엇 하나 조금이라도 과한 느낌이 들었다면 후작의 측근들이 당장이라도 널 잡아먹으려 들고일어났을 것이다."

"너무 감정적으로 휘말리지 말란 말씀이지요?"

완벽히 이해한 바율의 대답에 공작이 대견하다는 듯 미소를 지었다.

"그래도 결과적으로 좋게 작용한 면도 있습니다."

혼자서 무어라 구시렁거리며 젖은 머리칼을 말리고 있던 사다드가 끼어들었다.

"좋게요?"

"도련님이 드로우 후작을 손봐 준 일로, 제국민들 사이에서 타국보다 본국을 먼저 챙겼다는 인식이 생겼지 뭡니까. 덕분에 폐하께서 원망받으실 일도 사라져 버렸죠. 아마 폐하께선 여러모로 도련님을 칭찬하고 계실 겁니다. 베르가라에서 잠시 뵈었을 때도 입가에 아주 미소가 걸리셨더라고요."

가국의 문제를 해결해 경제적으로 엄청난 이득을 챙기게 되었다. 심지어 거기에 바율은 본의 아니게 황제의 체면까지 세워 준 것이다.

"그러고 보니 맥 보좌관님은 어떻게 하시겠답니까?"

"폐하께는 말씀드리지 않기로 저와 약조하셨습니다. 가국에서의 일을 보고하기 위해 오늘 황도로 떠나셨어요. 캐링스턴에서 다시 만나기로 했고요. 좋은 분이니, 믿어도 될 듯합니다."

바율 곁에 마족과 드래곤이 있다는 게 황제에게 알려지면 어떤 반응이 나올지, 전혀 짐작할 수도 없었다. 그들의 정체를 아는 이는 최대한 적은 편이 좋았다. 그래야 바율의 인생이 조금은 평탄할 것이다.

"바율! 나 왔어!"

그때 쑤아앙, 돌풍을 일으키며 정찰을 나갔던 템페스타가 돌아왔다.

"거기 무식한 놈들이 꽤 많더라? 말이 하나도 안 통하는 거 있지?"

"응? 그게 무슨 소리야, 템페스타?"

다짜고짜 무식한 놈들이 많다니, 바율은 이해가 가지 않아 되물었다.

"만월 기사단은 즉시 전투태세를 갖추어라!"

란데르트 공작의 묵직한 지시가 떨어진 것은 거의 동시였다.

"병사들은 식량과 수레를 지킨다! 인부들을 당장 뒤로 물려라!"

헤이즈의 카랑카랑한 목소리가 바로 이어졌다. 만일을 대비한 만월 기사단 몇 명이 인부와 잡역부들을 지키기 위해 그들과 함께 물러났고, 병사들은 창검을 앞으로 내밀며 주변을 경계했다.

"아버지! 뭐가 나타난 겁니까?"

바율은 당황하며 사방을 두리번거렸다. 하지만 그의 눈에는 그저 풀과 나무 외에는 아무것도 보이지 않았다.

"설마 네놈이 데려온 거냐?"

마황은 온천 도시가 어떻게 생긴 건지 궁금하다며 굳이 바율을 따라나섰다. 데스는 리타가 없이는 아무 데도 못 간다며 뻗대다가, 마황이 무슨 짓을 할지 몰라 어쩔 수 없이 이번 일정에 합류했다. 그는 아직까지 입이 댓 발이나 나와 있었다.

"템페스타가 데려온 거라니요?"

크루델리스는 템페스타를 보며 끌끌 혀를 찼다. 영문을 알 수 없는 그의 태도에 바율이 눈을 동그랗게 뜨는데, 템페스타가 천진난만하게 말했다.

"응! 내가 전부 데리고 왔어!"

"…뭘 말이야?"

"무식한 놈들이지, 뭐긴 뭐야! 바율이 사람이 살아야 하는 곳이라고 했잖아. 그래서 내가 까부는 녀석들 지금 다 혼내 주는 참이야."

크르릉!

쿠아아아아!

녀석의 말이 끝나기가 무섭게 몬스터의 울부짖음이 바율의 고막을 때렸다.

"허억!"

바율은 작금의 현실을 믿을 수가 없었다. 수십도 아니고, 수백이 넘는 괴물들이 별안간 눈앞에 나타난 것이다. 성난 오우거부터 가슴을 두드리고 있는 트롤, 망치와 화살을 든 고블린 등 몬스터 군단이라고 해도 믿을 정도였다.

"…그러니까 저, 저것들을 템페스타 네가 다 데려왔다고?"

"그렇다니까! 쟤들 어디로 치워 버릴까?"

그런 건 묻기 전에 알아서 해 줄 수는 없었니?

비명이 속출했다. 느닷없이 엄청난 수의 몬스터가 하늘에서 뚝 하고 떨어졌으니 당연한 반응이었다.

녀석은 정찰이란 말의 의미를 모르는 게 확실했다. 곳곳에 분산되어 있었을 몬스터를 이리로 전부 끌어모아 오다니. 바율은 황당해서 헛웃음이 튀어나올 뻔했다.

사실 바율은 이렇게 가까이에서 몬스터를 보는 것이 처음이었다. 그런데 심지어 한두 마리도 아니고 수백 마리를 떼로 마주했다. 템페스타가 이 꼴을 만들었다는 게 새삼 어이가 없었다.

"템페스타, 지금 당장……!"

녀석에게 명을 내리려던 바율은 코앞에서 벌어지는 믿기 힘든 광경에 순간 멍해졌다. 만월 기사단이 한 치의 망설임도 없이 적진으로 뛰어들었기 때문이다.

수백 대 겨우 서른 남짓한 대결이었다.

그럼에도 만월 기사단은 겁을 먹기는커녕 표정에 그 어떤 변화조차 없었다. 무모하리만치 용맹한 그들의 모습을 바율은 넋을 잃고 바라보았다.

4.

만월 기사단의 명성은 질릴 만큼 들으며 자라 왔다. 그들은 단 한 번도 전쟁에서 패한 적이 없는 제국 최고의 용사들이었다.

하지만 무용담을 전해 듣는 것과 전투를 직접 목격하는 것에는 엄청난 차이가 존재함을 바율은 오늘에서야 깨달았다.

벌어진 입이 다물어지지가 않았다.

저들은 정녕 두려움이란 걸 모르는 걸까?

흥분해서 날뛰는 몬스터들이 득실거리는 한복판으로 주저하지 않고 몸을 던지는 만월 기사단의 행동은 묘한 감동까지 불러일으켰다.

그래서일까.

수적으로 굉장히 불리한 상황임에도 바율은 기이하다 싶을 만큼 마음이 놓였다.

쿵쿵쿵!

덩치가 대략 4미터는 될 법한 거대한 오우거가 지면을 박차고 달려와 기사단을 향해 그 커다란 주먹을 휘둘렀다.

"러스티!"

낭창한 외침에 이어 오우거의 몸통에 일시적으로 검은 그림자가 생겨났다. 바율이 고개를 위로 들자 새처럼 날아오른 헤이즈가 보였다.

쇄애액!

그녀보다 몸집이 네댓 배는 더 될 것 같은 오우거의 몸뚱이가 정확히 세로로 양분되며 주변을 피로 가득 적셨다.

그 생경한 장면에 바율은 입술을 깨물며 시선을 돌렸다. 아마 예전의 그였다면 이 자리에서 구토를 하거나 충격으로 기절이라도 했을 것이다.

여기저기서 괴성과 함께 피가 튀는 끔찍하고도 잔인한 모습이 반복적으로 펼쳐졌지만, 바율은 애써 흔들리지 않으려 노력했다. 어쩌면 앞으로 그가 계속 보고 겪어야 할 일일지도 모르기 때문이었다.

"꾸아아아!"

템페스타에 의해 이곳까지 끌려온 게 자못 억울했던지 몬스터들의 공격성은 극에 달해 있었다.

"네놈이 그렇게 소리를 지르면 어쩔 건데?"

사다드가 매우 짜증 섞인 목소리로 트롤의 머리통을 날렸다. 상대적으로 오우거보다는 작지만, 트롤도 그에 못지 않은 체격을 지닌 몬스터였다. 재생력까지 뛰어나서 제압하는 게 쉽지 않다고 들었는데, 사다드의 일 검에 즉사했다. 거구의 몸뚱이가 쓰러지자 일대에 흙먼지가 자욱하게 피어올랐다.

이상한 점은 트롤의 잘린 목 부위에서 피가 나지 않는다는 것이었다. 그에 바율이 고개를 갸웃하자 란데르트 공작이 설명했다.

"사다드의 검에는 불의 속성 마법이 담겨 있다. 저 검에 베이면 불에 지진 듯한 고통을 느끼게 되지."

"아, 그래서 사다드 경이 일부러 트롤을 위주로 상대하는 것이었군요."

언뜻 보면 닥치는 대로 마구 대적하고 있는 듯했지만, 사실 그건 아니었다.

이언과 헤이즈는 오우거와 같은 강력한 몬스터를 위주로 사냥했고, 사다드는 트롤을, 나머지는 그 외 자잘한 몬스터들을 해치우며 인부들 쪽으로 향하지 못하도록 철저하게 통로를 차단하고 있었다.

별다른 명령 없이도 손발이 척척 맞았다. 눈 깜짝할 사이에 몬스터의 수가 거의 반으로 줄어들었다.

"바율 도련님! 고블린의 화살이 날아갑니다!"

그때 적진에서 이언이 소리쳤다.

"꺄륵! 꺄륵!"

그러잖아도 바율 역시 쇠를 긁는 듯한 거북한 소리로 울어 대는 고블린을 주시하고 있던 참이었다. 수십 마리의 고블린이 만월 기사단의 머리 너머로 일제히 화살을 쏘아 댔다.

핑— 핑—

인간이 만든 것에 비하면 한없이 조악한 수준이었지만, 그 날카로움과 속도는 결코 무시할 수 없었다.

"템페스타!"

아직은 자기가 무슨 잘못을 했는지 모르고 있지만, 일이 마무리되면 엄청난 욕을 먹을 게 뻔하다. 해서 바율은 녀석에게 실수를 만회할 기회를 주었다.

쑤아아앙!

템페스타의 강풍에 휘말린 고블린의 화살이 어느 순간 방향을 틀었다. 그리고 고블린들이 미처 상황 파악을 하기도 전에, 화살은 다시 놈들을 향해 무서운 속도로 회전하며 날아갔다.

"쿠룩! 꾹!"

놈들의 화살은 머리와 목과 같은 치명적인 부위만 노렸다. 반항 한 번 못하고 고꾸라지는 고블린들을 보며 템페스타가 허리에 손을 얹고 낄낄 웃음을 터뜨렸다.

"넌 지금 웃음이 나오냐?"

어느새 다가온 이노센트가 팔짱을 낀 자세로 한심하다는 듯 템페스타를 쏘아보았다.

"네가 만든 꼴 좀 봐! 완전 아수라장이잖아. 넌 대체 제대로 하는 게 뭐야? 이래도 네가 멍청하지 않다고 말할 수 있어?"

"지나가다가 잠시 바율한테 인사하려고 들른 거뿐이거든? 물귀신, 넌 모르면 가만히 있어!"

"그럼 진짜로 인사만 하고 가든가 했어야지. 저것들을 여기다 왜 풀어 놔? 사람들 무서워서 기겁한 거 안 보여?"

기실 지금 이건 이노센트 입장에서도 상당히 짜증 나는 상황이었다. 기껏 물벼락으로 모두를 기분 좋게 만들어 놓았는데, 한순간에 엉망이 된 탓이다.

물론 이노센트에게는 일이라기보다 그저 놀이에 가깝긴 했지만, 그래도 기뻐하는 이들을 보고 내심 고무되어 있었다. 그걸 템페스타가 망친 것이다.

"…나 때문이라고?"

겁에 질린 병사들과 인부들의 모습이 그제야 템페스타의 눈에 들어왔다. 이런 것까지는 전혀 예상치 못했는지, 조금 놀란 모습의 녀석에게 이노센트가 마지막 독설을 날렸다.

"네가 싼 똥이니까 네가 치워! 당장!"

"근데 있잖아."

그때 돌아가는 사태를 별 감정 없는 눈길로 지켜보던 마황이 불쑥 템페스타에게 물었다.

"아까부터 되게 궁금해서 그러는데, 어째서 저놈들을 바로 죽이지 않고 굳이 여기까지 데려온 거지?"

그러자 마황이 되어서 그런 것도 모르냐는 듯 템페스타
가 빽 소리를 지르며 대꾸했다.

"그게 더 재밌잖아!"

"…재밌다고?"

"그래! 이리저리 끌고 다니는 게 얼마나 신나는 일인데."

"그러다 싫증 나면?"

"그땐 그냥 버리는 거지."

"어디에?"

"절벽 아래나 바다 한가운데쯤?"

그러니까 한마디로 추락사 혹은 익사를 시킨다는 얘기였
다. 지금도 워낙 많은 수에 가려져서 그렇지, 착지에 실패
해 머리통이 깨지거나 팔다리가 부러진 몬스터들이 수두룩
했다.

"괴상한 취미지만, 재밌을 것 같긴 하군."

의외로 마황이 긍정적인 반응을 보이자 템페스타가 턱을
치들며 으스댔다.

"으아악!"

그 순간, 뒤쪽에서 외마디 비명이 터졌다. 어느 틈에 거
기까지 다가갔는지 식량이 담긴 수레 주위에 불온한 무리
가 등장한 것이다.

"웨어울프로군."

얼굴은 늑대처럼 생겼지만, 몸은 인간 같이 직립 보행이 가능한 몬스터. 지능이 높고 후각이 예민할 뿐만 아니라, 빠르기와 점프력까지 대단해서 움직이는 게 거의 날아다니는 수준이었다. 한마디로 상대하기가 무척이나 까다로운 놈들이었다.

만월 기사단이 몬스터 군단을 상대하는 틈을 타 식량을 약탈하러 온 게 틀림없었다.

인부들을 지키고 있던 기사들이 지체 없이 놈들을 향해 달려들었다. 그러자 웨어울프의 굵고 예리한 손톱이 순식간에 길게 튀어나와 기사단의 검을 막아 냈다.

검과 손톱이 맞부딪쳤는데 마치 쇠와 쇠가 충돌하는 듯한 금속음이 터졌다.

"데스, 저기에 우리가 먹을 게 있다고 하지 않았나?"

소금에 절인 고기가 듬뿍 담긴 수레를 마황이 뚫어지게 바라보며 묻자 데스가 조용히 고개를 끄덕였다.

"그럼 머뭇거릴 이유가 없군."

감히 나의 식량에 눈독을 들여?

크루델리스의 은백색 눈동자에 떠오른 건 격한 분노였다.

"그냥 있어."

하지만 그는 데스에 의해 금세 제지당했다.

"여기서 마력을 썼다간 노친네들이 몰려올 거야. 감당할 수 있겠어?"

"그까짓 것들이 감히 마황인 나에게 뭘 할 수 있는데?"

"하. 대단해. 뛰는 놈 위에 나는 놈 있다더니, 나는 댁이
그 정도일 줄은 몰랐네."

한껏 빈정거리던 데스가 사나운 얼굴로 마황을 노려보며
일갈했다.

"나한테는 신경 건드리지 말라고 했던 거 잊었어? 조약
을 어기면 가만두지 않겠다면서? 근데 정작 본인은 마황이
니까 상관없다니, 진정 나한테 죽고 싶은 거지?"

"…조약을 어기겠다는 게 아니야. 난 그저 도둑놈들을
처단하겠다는 거지……."

스스로가 생각해도 너무 염치가 없다 여겼는지 마황이
슬쩍 눈길을 피하며 얼버무렸다.

"내가 이래서 따라온 거야. 네놈이 사고 칠까 봐!"

다시 생각해도 열불이 난다는 듯 데스가 발로 바닥을 찼
다.

"아무튼. 경고하는데, 얌전히 있어. 조약을 어기면 마계
로 돌아가야 할 거고, 그러면 리타 음식은 꿈에서나 믹게
될 테니까."

부글부글 끓어오르는 노기를 겨우 내리누르며 데스가 살
벌한 경고를 마쳤다.

리타의 음식을 거론한 순간, 마황의 눈빛이 제법 크게 흔들렸다. 그가 그럼 웨어울프는 어쩌냐는 듯 수레를 향해 어울리지 않은 간절한 표정을 짓는데, 여태껏 현장을 주시하기만 하던 란데르트 공작이 드디어 나섰다.

"가서 할 일이 많으니 정령의 힘은 일단 아껴 두는 게 좋을 것 같구나."

상급 정령의 능력을 아직 잘 알지 못하는 공작은 스피넬을 불러내려는 바율을 말리며 손수 정리에 들어갔다.

획!

공작의 움직임에는 일말의 군더더기도 없었다. 말 등을 박차고 새처럼 뛰어오른 그의 손에는 어느덧 시퍼렇게 날이 선 검이 들려 있었다.

단 한 번의 도약만으로 웨어울프의 머리 위까지 날아간 공작은 지면에 착지도 하지 않은 상태로 검을 휘둘렀다.

"꾸엑!"

그러자 웨어울프 한 마리가 가슴이 갈라지며 그대로 고꾸라졌다. 란데르트 공작은 여전히 허공에 뜬 채였다. 그가 빙그르 몸을 돌더니 또 다른 웨어울프 두 마리를 한꺼번에 절단했다.

그에 공작이 자신들의 상대가 아님을 본능적으로 깨달은 웨어울프들이 도망을 택했다. 하나 공작의 움직임이 훨씬 빨랐다.

타핫!

그는 바닥에 발을 딛자마자 다시금 뛰어올랐다. 남은 웨어울프는 이제 총 일곱. 그들은 이미 전속력을 다해서 숲을 향해 달려가고 있었다.

란데르트 공작이 놈들의 등을 향해 검을 날렸다. 그러자 공작의 검이 마치 살아 있는 것처럼 웨어울프의 목을 차례대로 가르더니 허공을 길 삼아 저절로 공작의 손으로 돌아왔다.

"헐!"

그걸 지켜보던 마황이 기가 막힌 표정을 지었다.

"인간 주제에 어떻게 나와 같은 기술을 쓰는 거지?"

해밀턴에서 첫 식사를 하던 날, 갑자기 어디선가 엘라움을 꺼내 바르를 죽이려고 했던 마황이다. 그때 당시 바율은 멋대로 공중에서 움직이던 검을 보고 섬뜩하다 여겼는데, 지금 아버지의 모습은 그저 멋있게만 보였다.

웨어 울프의 공격으로 수레가 약간 망가진 것 말고는 조금의 인명 피해도 없이 끝이 나서 천만다행이었다.

하지만 워낙에 몬스터의 수가 많았던지라 만월 기사단 쪽은 여전히 혈투가 한창이었다. 부상자는 없지만, 이대로 가면 제법 긴 시간을 잡아먹을 게 뻔하다. 특단의 조치가 필요했다.

"템페스타, 원래 하려던 것 지금 해 줄 수 있지?"

"응, 바율. 당연하지. 놀라게 해서 미안해."

"이번에는 실수하면 안 돼."

바율의 신신당부에 템페스타가 알겠다며 즉시 날아올랐다. 일순간에 용오름이 맹렬하게 생성되더니 몬스터들이 빨려 들어갔다.

"나쁜 짓을 했으니까 혼내 줄 거야!"

본인이 한 짓은 생각 못 하고, 템페스타가 각오를 다지며 사라졌다. 어떤 방식이 동원될지는 모르겠으나, 단 한 마리도 살아남지 못할 거라는 건 기정사실이었다.

Chapter 6.
신전 투쟁

1.

"도련님, 보셨죠?"

멈췄던 행군이 다시 시작되었다. 시간이 다소 지체되기는 하였지만, 갑작스러운 사고에도 불구하고 부상자는 단한 명도 없었다.

과연 만월 기사단은 만월 기사단이었다. 격렬한 전투를 치르고 나서도 그들은 조금의 흐트러짐도 없었다. 묵묵히 검에 묻은 피를 털어 내며 아무 일 없었다는 듯 말에 오르는 그들의 모습에 바율은 경외감마저 들었다.

그간 많은 책에서 보았던 만월 기사단의 이야기는 전부 진짜였다.

상당 부분 과장되었을 게 분명하다며 트집을 잡는 호사가들이 있다는 걸 바율도 알고 있었다. 하지만 그들이 바율처럼 조금 전의 상황을 직접 목격한다면 감히 그렇게 말할 수 있을까?

아니.

결코 그럴 수 없을 것이다.

수백의 몬스터를 앞에 두고서도 작은 생채기조차 허락하지 않는 그들의 압도적인 무위에 바율은 새삼 아버지의 위대함을 다시 한번 느꼈다.

달의 일족.

아버지와 만월 기사단은 그 피를 짙게 이어받은 자들이라고 라예가르가 말했었다.

그럼 나는?

아버지의 아들인 나에게도 그 피가 이어졌을까?

격세 유전이라고 했으니 꼭 바로 이어지리라는 보장은 없었으나, 그간 미처 생각하지 못했던 것들이 갑자기 나뭇잎 떨어지듯 우수수 바율의 머릿속을 잠식했다.

만약 내가 아버지와 같은 피를 이었다면, 나도 저렇게 검을 휘두르며 몬스터를 상대할 수 있을까?

강렬한 태양 아래 번쩍거리는 갑옷을 걸친 채 군마를 타고 당당히 행진하는 만월 기사단을 보고 있자니, 바율은 돌연 자신에게 이런 감정이 있었나 싶을 정도로 호승심이 끓어올랐다.

검이라고는 가벼운 단도도 쥐어 보지 못한 주제에 이미 상상의 나래는 아버지가 이르신 마에스터의 경지에까지 뻗쳐 있었다.

본인이 정령사라는 사실을 망각하고 기사가 되고 싶다는 욕망이 슬그머니 피어올랐다.

"바율 도련님. 무슨 딴생각을 그리하십니까?"

"…네? 사다드 경, 뭐라고 하셨죠?"

"제 모습이 어땠냐고 여쭈었습니다. 가벼운 체조 수준이긴 했지만, 오랜만에 현장을 겪어 보니 공작 전하와 함께 전쟁터를 누비던 옛날 생각이 많이 나더군요."

"아, 트롤을 일거에 제압하시는 모습이 인상적이었습니다. 매번 집무실에서 서류 더미와 씨름하시는 모습만 봤었는데, 그렇게 날렵하신 줄은 몰랐네요. 경을 다시 봤습니다."

"그렇죠? 제가 이렇게 한다면 한다니까요! 근데 훈련 몇 번 빼먹었다고 이언 선배가 저를 어찌나 괄시하던지, 아직도 억울해 죽겠습니다!"

"불만이 있으면 나한테 말해. 왜 애꿎은 도련님을 물고 늘어져?"

"그야, 선배가 도련님이 계신 앞에서 제게 망신을 주셨으니 그렇지요. 최소한 저의 손상된 체면은 다시 살려야 하지 않겠습니까?"

"고작 트롤 몇 마리 해치웠다고 생색은."

"제 말이 그겁니다, 선배. 언제부터 만월 기사단의 수준이 이렇게 내려간 걸까요? 세대교체라도 해야 하는 것 아닙니까?"

백마 위에 올라탄 헤이즈가 이언의 말에 맞장구를 쳤다. 전부터 느낀 거지만, 이언과 헤이즈는 남녀 사이를 넘어선 무언가 끈끈한 우정 같은 것이 있는 듯했다. 그 마음으로 합심해서 사다드를 놀려 대는 걸 바율은 곧잘 구경하고 있었다.

"세대교체? 헤이즈, 지금 나보고 꺼지라는 얘기야?"

"선배, 전 그렇게 말하지 않았습니다. 곡해하시면 제가 억울하죠."

"지금 진짜 억울한 게 누군데! 내가 비록 서열 경합에서 네게 밀리긴 했지만, 내 밑으로도 수두룩하거든? 나 아직 안 죽었다고!"

"네, 네. 오늘 아주 훌륭하셨습니다. 선배가 최고예요!"

헤이즈가 말간 얼굴로 엄지를 치켜들자 사다드의 미간엔 오히려 주름이 깊어졌다. 경합에서 진 뒤로 녀석이 이렇게 놀려 올 때면 그는 진심으로 억울하고 또 억울했다.

"이게 다 란데르트 공작 전하 때문이라고요!"

수하들이 떠들건 말건 앞만 보며 가고 있던 공작이 무심한 눈길로 사다드를 돌아보았다.

"공작 전하께서 제게 일을 너무 많이 주시잖아요. 제가 이제 와 말씀드리지만, 그것도 그나마 저라서 가능한 겁니다. 다른 놈들이었으면 진즉에 도망쳤을걸요?"

"알아."

"엑? 아신다고요?"

"그만한 일 처리 능력을 아무나 갖출 수는 없지."

공작이 바로 인정하자 잠시 멈칫하던 사다드가 경계 태세를 취했다.

"또 뭐 시키시려고 그러죠? 제가 눈치 하나는 끝내주거든요?"

"……."

공작은 답하지 않았다. 크흠, 소리 내며 시선을 돌리는 것으로 보아 아무래도 정곡을 제대로 찔린 모양이었다.

"사다드 경, 죄송합니다. 안 그래도 일이 많으신데 저까지 업무를 보태게 돼서요."

바율은 아버지를 지키고자(?) 얼른 끼어들며 화제를 바꿨다.

"아닙니다, 도련님. 이번 도시 계획은 애초에 제가 먼저 구상했는걸요. 도련님에 대한 원망은 추호도 없으니 불편해하지 마십시오."

"도시 개발 문제로 생각이 많으실 거 압니다. 사다드 경이 안 계셨다면 아버지나 저나 많이 곤란했을 거예요. 진심으로 고맙게 생각하고 있습니다."

"알아주시다니 저야말로 감사합니다."

"이런 상황에 템페스타가 엉뚱한 사고를 쳤으니 황당하셨죠. 템페스타 대신 사과드릴게요."

"그 녀석의 사과를 어째서 도련님이 하시는 겁니까? 안 그러셔도 됩니다."

"하지만 그러기엔……."

"사고를 좀 크게 치기는 했지요?"

사다드의 시선이 만월 기사단과 병사들을 차례대로 훑었다.

"부상병은 없지만, 아마 다들 많이 놀랐을 겁니다. 그간 수많은 전투를 치렀지만 몬스터가 단체로 하늘에서 떨어진 적은 없었으니까요. 템페스타가 돌아오면 따끔하게 혼 좀 내 주십시오. 상급 정령이 되더니 어째 더 제멋대로가 된 느낌입니다."

"이제 막 상급으로 올라서서 아직 흥분이 가시질 않아서 그래요. 이번 일도 그저 저를 돕고 싶어서 그랬던 게 너무 과해진 걸 겁니다."

"두 번만 돕다가는 다들 전투가 아니라 심장병으로 먼저 죽겠습니다."

그만큼 어이없고 놀랐다는 말이었다.

"…그래도 랑트 지역의 몬스터를 다 몰고 왔다니까, 계획을 실행하기에는 오히려 더 좋아진 거 아닌가요? 한 방에 청소를 마쳤으니, 공사 중에 적어도 몬스터와 관련한 큰일은 없을 듯한데……."

"맞는 말씀입니다. 본래 몬스터를 한곳으로 몰아서 집중 타격으로 공격하는 것도 몬스터 토벌의 한 방식입니다. 템페스타의 방법이 많이 무식하기는 했지만, 결과가 나쁘지 않은 건 사실이지요."

하지만 사다드가 걱정하는 건 그런 게 아니었다.

"템페스타가 바람의 정령왕이 될 거라고 하셨죠?"

"네, 지금으로선 그게 맞을 거예요."

"저는 솔직히 지금 당장보다 그때가 더 염려됩니다. 정령왕의 힘이면 당연히 엄청날 텐데, 오늘과 같은 사고를 또 친다고 생각해 보십시오. 등골이 오싹하지 않으십니까?"

그 순간, 왜였을까.

바율은 문득 분노한 전대 바람의 정령왕이 대륙을 초토화시켰다던 사건이 생각났다. 책에선 당시를 '재앙의 열두 달'이라고 기록하고 있었다.

입에도 담고 싶지 않은 단어가 바로 재앙이다. 정령 때문에 무려 열두 달이란 시간을 끔찍한 재앙으로 보내야 했던 옛사람들에게 바율은 왜인지 괜한 미안함이 들었다.

"…그런 일은 생기지 않을 겁니다."

장담할 수는 없었지만, 바율은 템페스타를 변호해야 했다. 사리 분별을 약간 못하는 것뿐이지, 심성은 누구보다 착하고 여린 녀석이라는 걸 바율은 알고 있었다. 절대 전대 바람의 정령왕처럼 굴지는 않을 터였다.

남들은 이해할 수 없겠지만, 바율에게는 그런 설명하기 힘든 믿음이 있었다.

"네, 저도 그러기를 누구보다 바랍니다. 하니 진짜 정령왕이 되기 전 미리 교육 좀 해 주십시오."

"교육이요?"

"정령들이 하는 짓을 보면 가끔 어디가 모자란 게 아닐까 하는 생각이 들고는 하거든요. 마른하늘에 날벼락도 아니고, 몬스터 벼락이 웬 말입니까. 만월 기사단이었길 망정이지, 다른 기사단이었다면 전멸했을 수도 있었습니다."

"템페스타는…… 칭찬을 받고 싶어서 그랬을 겁니다."

고작 할 수 있는 변명이 이런 말밖에 없다는 게 바율은 내심 참담했다.

정령은 확실히 인간과는 다른 존재였다. 자아를 지니고는 있지만, 사람들 사이에서의 관계, 가치관, 도덕 등과 같은 부분에는 무지하다.

정령계가 멸망하지 않았던 시절에는 그들을 다스리고 제어하는 왕이 있었으니 아마 이런 일은 없었을 것이다.

사다드의 말이 옳았다.

능력이 향상된 만큼 책임감도 커져야 한다. 설교하고 가르치는 데는 소질이 없는 바율이지만, 이대로 둘 수만은 없었다.

물론 변호도 포기할 수 없었다.

"그래도 녀석이 몬스터들의 사체 대부분을 가져간 덕에 귀찮은 일에서도 벗어났다는 거, 알아주십시오. 그 많은 걸 일일이 다 치우려면 오늘 이동은 포기해야 했을 겁니다. 그리고 말이 나와서 드리는 말씀인데, 템페스타는…… 스피넬?"

바율은 말을 하다 말고 멈칫했다. 아닌 게 아니라 사다드의 등 뒤로 별안간 스피넬의 얼굴이 비쳤기 때문이다.

그런데 그녀의 모습이 어딘가 모르게 평소와 달랐다. 분명 상급 정령으로 진화하면서 몸의 불길이 잦아들었었는데, 지금은 중급 정령이었을 때보다 더욱 활활 타오르고 있었다.

포니테일로 높게 묶은 머리칼에선 시뻘건 아지랑이까지 피어오르고 있었다.

"화났나 본데?"

"…그런 것 같네요."

마황의 말에 바율은 그제야 스피넬의 감정이 느껴졌다.

근데 왜 갑자기 화가 난 거지?

바율이 그런 의문을 품는데, 헤이즈가 사다드를 향해 못 말린다는 듯 고개를 저었다.

"선배, 말을 가려서 했어야죠. 선배가 그러니까 연애를 못 하는 겁니다!"

"왜 또 나한테 시비인데? 지금 스피넬이 화가 난 대상이 나란 말이야?"

"저 눈빛 안 보이세요?"

헤이즈의 시선을 아무 생각 없이 따라가던 사다드는 절로 '헉!' 하고 신음을 토했다. 안 그래도 더운 날씨에 열기 가득한 스피넬의 눈길을 마주하자 갑자기 땀이 홍수처럼 쏟아졌다.

"숙녀를 면전에 두고 모자라다는 말을 하면 어떡합니까? 저였으면 바로 결투 신청 들어갔을 겁니다!"

헤이즈가 마치 본인의 일처럼 화를 내며 사다드에게 톡 쏘아붙였다.

"아, 그게 말이지……."

그제야 사다드는 자신이 말실수를 했다는 걸 자각했다. 바율 곁에서 있는 듯 없는 듯 지내던 스피넬이 저리도 불쾌함을 드러내고 있다는 건 몹시 화가 났다는 증거였다.

"나, 나는 그냥 템페스타가 한 짓이 너무 어이가 없어서…… 어쩌다 보니 말이 그렇게 나온 거지, 그렇게 싸잡아서 욕할 생각은 정말 아니었는데……."

"아아, 그러세요?"

머리 위에서 울리는 앙칼진 음성에 사다드가 어색하게 웃으며 고개를 들었다.

"이, 이노센트? 거기 있었어?"

스피넬이 화가 났다는 걸 알아챈 순간부터 사다드는 녀석이 떠올랐다. 템페스타와 셰임이 지금 이 자리에 없다는 게 그나마 다행이라고 해야 할까.

온천 도시에 대한 야망을 이루기 위해서라도 정령들과 잘 지내야 하는데, 단 한 번의 실언으로 한순간에 신뢰가 무너지게 생겼다.

바율이 아니었다면 이노센트의 물벼락과 스피넬의 불덩이가 이미 사다드를 삼켜 버렸을지도 몰랐다.

유난히 템페스타와 비교당하는 걸 싫어하는 이노센트가 사다드를 목표로 물의 창을 수십 개나 만들었지만, 바율은 그가 보기 전에 얼른 치워 버렸다.

아버지의 유능한 수하를 정령들의 손에 잃게 할 수는 없지 않은가.

하지만 그런 바율의 노력은 다 부질없는 행위였다. 일행이 돌산의 입구에 당도하자 사다드의 입이 다시 멋대로 움직였기 때문이다.

"세, 세임?"

황당하다 싶을 만큼 놀라운 상황이 그들을 기다리고 있었다. 그도 그럴 것이, 세임이 돌산의 하단부에 이미 터널을 뚫어 놓은 것이다.

그가 과연 할 수 있을까, 하고 가늠해 봤다는 게 민망할 정도였다. 상급 정령이 된 세임은 이런 엄청난 걸 만들어 놓고도 기운에 거의 변화가 없었다.

"오셨습니까."

붉어진 얼굴로 자신을 맞이하는 세임을, 바율은 할 말도 잃은 채 그저 멍하니 쳐다볼 뿐이었다.

"모든 정령이 사고만 치는 건 아니군."

사다드의 중얼거림과 동시에 그의 머리 위로 물벼락이 쏟아졌다.

"으악!"

그건 시작에 불과했다. 순식간에 홀딱 젖어 버린 그에게로 스피넬의 불꽃이 날아가고 있었다.

2.

"그만."

사다드는 충분히 뛰어난 기사였다. 그의 말처럼 처리해야 할 업무량이 많아서 최근 훈련을 좀 등한시하기는 했지만, 그가 마음먹고 검을 쥔다면 만월 기사단에서 그를 상대할 이는 그리 많지 않았다.

하지만 상급 정령이 된 이노센트와 스피넬의 공격은 너무 갑작스러웠다. 게다가 사다드는 무방비 상태였다. 물벼락이야 지금 같은 더위에 고맙다고 할 수라도 있겠으나, 불꽃은 전혀 다른 이야기였다.

푸식!

란데르트 공작이 날린 무형의 기운 앞에서 스피넬의 불꽃이 한순간에 흔적도 없이 사라졌다.

누가 뭐래도 사다드는 이번 사업에서 중추가 되는 인물이었다. 그런 녀석이 화상이라도 입는다면 당연히 일에 차질이 생길 것이다. 공작은 그런 꼴을 볼 수 없었다.

"으얼, 저 방금 불에 타죽을 뻔한 겁니까?"

사다드가 호들갑을 떨며 공작에게로 바짝 붙어 섰다.

"아니, 내가 또 무슨 말을 했다고 그래? 이번엔 칭찬이었거든!"

그는 진심으로 억울하다는 듯 외쳤다. 그럼에도 이노센트와 스피넬이 무섭게 노려보자 다시금 항변했다.

"다들, 세임이 터널을 미리 뚫어 놓은 덕분에 일정이 얼마나 앞당겨진 줄 아십니까? 저 지금 무진장 감격했다고요!"

"그럼 그 건에 대해서만 칭찬을 했어야죠. 선배도 참, 갑자기 그 순간에 사고 운운하는 소리는 왜 합니까? 가끔 보면 선배가 진짜 똑똑한 사람인지 의심이 들 때가 있다니까요. 안 그래요, 이언 선배?"

"내 말이 그 말이다. 이런 기본적인 언어 예절까지 일일이 알려 줘야 한다니, 공작 전하의 수행 기사로서 자격 미달이 아닐까 싶군."

원래 촌철살인을 날리는 쪽은 대개 사다드였다. 물론 그 날림의 대부분은 황궁에서 부딪치는 귀족들을 향해서였다.

그런데 요즘 들어서 부쩍 동료들에게 갈굼의 대상이 되어 가고 있었다. 어디서부터 뭐가 잘못된 걸까?

자신 같은 능력자에게 이런 시련이 닥쳤다는 게 사다드는 몹시 어이가 없었다.

"잡담은 이쯤에서 끝내도록 하라. 셰임이 기껏 길을 닦아 놓았는데 시간을 허비할 수는 없지."

란데르트 공작의 명령은 짧고 간결했다.

"역시 주군밖에 없으십니다! 저를 불길에서 구원해 주시고, 간악한 무리에게서 살펴 주시니 일평생 충성한 보람이 있습니다!"

"거기까지."

"넵!"

까부는 데도 정도라는 게 있었다. 공작의 엄한 음성에 사다드가 자세까지 바로하며 입을 꾹 닫았다.

"그리고 사다드는 정중히 사과하도록."

"…예?"

"정령들이 사고를 칠 때마다 야단하고 가르치는 것만이 능사가 아니다. 우리도 그들을 제대로 대우해야지. 바율과 친분이 있다는 이유만으로 그간 너무 허물없이 지내지 않았나. 상급 정령이 되었으니, 이를 계기 삼아 우리도 달라질 필요가 있어."

정령들에게만 변화를 강요할 수는 없었다. 앞으로 대륙의 자연을 책임지고 이끌어 갈 중요한 존재들이었다. 이제는 더 이상 애처럼 대할 게 아니라, 각각 인격체로서의 존중을 보여 주어야 할 때였다.

여러 면으로 무지한 것이 많이 철이 없어 보였을 뿐, 사대 정령은 이미 놀라운 능력을 많이 선보였다. 그에 맞는 합당한 대접을 받을 자격이 있었다.

사다드는 잠시 주저하긴 했지만, 즉시 이노센트와 스피넬에게 사과했다. 자신의 입이 멋대로 주접을 떨었다며 스스로를 때리는 시늉까지 했다.

그 모습에 주위에서 웃음이 터졌지만, 바율은 같이 웃을 수가 없었다. 아버지의 말씀은 정령사인 그조차 생각해 본 적 없는 문제였기 때문이다.

정령들이 셰임처럼 어른스러워지기만을 바랐지, 녀석들을 존중해야 한다는 생각은 부끄럽게도 하지 못했다.

물론 정령들에 대한 바율의 애정은 차고 넘쳤지만, 아버지가 말씀하시는 '존중' 의 의미와는 달랐다.

이런 게 통찰력인 걸까.

바율은 아버지의 몇 마디 말에 깊은 깨달음을 얻었다.

"흥! 앞으로 두고 보겠어요!"

란데르트 공작의 말이 꽤 마음에 들었는지, 이노센트가 콧소리를 내며 휙 돌아섰다. 스피넬도 손에 쥐고 있던 불꽃을 조용히 갈무리하는 게 보였다.

"셰임, 정말 수고했어요! 캐링스턴으로 돌아갈 날이 얼마 남지 않아서 마음이 급했는데, 덕택에 한시름 놓았네요. 감사합니다."

바율은 분위기를 바꿔보고자 터널 개통의 일등 공신인 셰임에게 말을 걸었다. 그러자 그가 눈을 내리깔며 겸손하게 말했다.

"바율 님을 도울 수 있어서 그저 기쁠 따름입니다."

"상급 정령이 되더니, 이 정도는 이제 셰임에게 아무것도 아닌가 봐요. 제가 괜한 염려를 했지 뭡니까."

다시 생각해도 참으로 쓸데없는 걱정이었다.

"바율 님을 위해서라면 더한 것도 할 수 있습니다."

셰임은 여전히 바율과 눈을 맞추지 못했다. 귀까지 새빨개진 걸 보니 수줍어하던 성격이 다시 돌아온 모양이다.

근육질의 다부진 체격을 가진 청년이 얼굴을 붉히고 있는 게 조금은 부자연스럽기도 했지만, 상대가 셰임이라서 그런지 귀엽다는 생각밖에 들지 않았다.

"공작 전하, 해가 완전히 지기 전에 서둘러 이동하는 것이 좋을 듯합니다."

본래 계획은 이곳에서 노숙을 한 후 이른 아침에 터널 작업에 착수할 예정이었다. 하지만 이미 길이 뚫렸으니 그럴 필요가 없어졌다.

"돌산만 통과하면 바로 협곡입니다. 그곳에 일행이 머물기에 적합한 장소가 있습니다."

사다드는 어느덧 본연의 수행 기사로 돌아와 있었다. 랑트에 대한 사전 답사를 충실히 했으니 그의 말을 듣는 것이 옳았다.

"스피넬, 터널 안을 밝혀 줄 수 있을까?"

아직 들어가 보지 않았지만, 밖에서 언뜻 살피기에도 터널 안쪽은 한 치 앞도 보이지 않을 만큼 어두컴컴했다. 을씨년스럽기까지 해서 더운 날씨임에도 괜한 솜털이 오소소 돋았다.

"그럼요."

스피넬이 당당히 대답하며 터널 속으로 성큼 날아갔다. 곧 수십 개의 불꽃이 일정한 간격으로 터널의 천장을 빼곡하게 채웠다.

"이욜, 엄청 길군요."

입구에서는 끝이 보이지도 않았다. 고른 바닥은 마차 두 대가 나란히 달릴 수 있을 정도로 폭이 넓었고, 벽과 연결된 터널의 윗부분은 둥근 아치형이었다.

볕도 들지 않는 지하나 마찬가지인 곳이니만큼 암석 특유의 삭막한 느낌이 들 거란 예상을 깨고, 곳곳에 이름 모를 풀과 꽃들이 주렁주렁 매달려 있었다.

"셰임, 일부러 이렇게 치장한 거예요?"

터널을 통과하며 다들 놀라운 모습에 입을 다물지 못했다. 대부분 퀴퀴하고 습한 냄새가 나는 동굴을 상상했다가 이게 웬 반전인가 싶었다.

"랑트는 바율 님의 영지입니다. 이곳을 방문하는 이들에게 첫인상을 좋게 심어 주고 싶었습니다."

"첫인상! 맞습니다, 맞아요! 온천 도시, 랑트의 첫인상이 바로 여기죠!"

흥분한 사다드가 소리치자 터널 안에 그의 목소리가 쩌렁쩌렁하게 울렸다.

"거기까지 생각을 하다니, 역시 셰임입니다."

다른 정령들과는 너무 비교가 되네요.

하마터면 말이 또 잘못 튀어나올 뻔했다. 사다드는 얼른 입을 닫고 주변을 살폈다. 그리고 이노센트와 스피넬의 모습이 보이지 않는 데 엄청난 안도감을 느꼈다.

"고마워요, 셰임."

그에게는 늘 받기만 하는 것 같아 바율은 불쑥 미안해졌다. 말하지 않아도 바율에게 어려움이 생길 때마다 알이시 도움을 주는 셰임이 가끔은 꼭 어린 시절 자신을 챙겨주던 바일 같아서 가슴이 시큰해지곤 한다.

그래서 유독 셰임에게 의지하는 것일까.

생색을 내도 모자랄 판에 바율의 기쁨이 곧 자신의 기쁨이라고 말하는 셰임을 보며 바율이 할 수 있는 거라곤 고작 환한 미소를 지어 주는 일뿐이었다.

3.

사다드가 얘기한 협곡은 긴 터널을 나와서 오래 지나지 않아 금방 모습을 드러냈다.

랑트는 해밀턴보다도 메마르고 거친 땅이라고 하였다. 대부분의 지대가 암석으로 되어 있어서 농사를 짓기에도 적합하지 않다고 했다.

터널을 탈출하자마자 바율은 그 평가에 깊이 공감했다. 고개를 뒤로 한껏 젖혀도 끝을 볼 수가 없는 까마득한 높이의 절벽이 바로 눈앞에 나타났기 때문이다.

뒤로는 터널뿐이었고, 앞은 절벽이니 일행은 한순간에 오갈 데 없는 신세가 되고 말았다.

"이쪽입니다."

거대한 절벽에 압도되어 멍해진 그들을 본 사다드가 그럴 줄 알았다는 양 피식 웃으며 일행을 이끌었다.

그가 향하는 곳은 절벽의 좌측이었다. 한쪽은 틈이라곤

없는 깎아지른 절벽에, 다른 한쪽은 기암괴석이 가득했다. 웬 물이 그 옆을 콸콸 소리 내며 흐르고 있었는데, 군데군데 수증기가 피어오르고 있었다.

"온천수로군요."

"혹시 저기를 개발해야 하는 겁니까?"

좁게 난 길을 따라 걸으며 바율이 묻자 사다드가 고개를 저었다.

"온천탕은 크게 손볼 필요 없을 겁니다."

"그게 무슨 말씀이세요? 랑트를 온천 도시로 만들겠다고 하신 건 사다드 경이 아닙니까?"

"가서 직접 보시면 제 말의 뜻을 이해하실 겁니다."

사다드의 아리송한 말투에 의아함을 느낀 것은 아주 잠시였다. 얼마 가지 않아 절벽 사이로 느닷없이 뻥 뚫린 길이 나왔다. 그 길은 점점 넓어졌고, 어느 순간 드넓은 평지가 툭 튀어나왔다.

바율은 보면서도 믿기지가 않았다.

사면이 절벽으로 둘러싸인, 마치 요새와도 같은 곳이었다. 풍성하진 않지만 드문드문 아름드리나무가 펼쳐져 있고, 벽과 맞닿은 지점엔 간간이 동굴 같은 게 보였다.

무엇보다 가장 충격적인 건 협곡의 중앙을 차지하고 있는 커다란 호수였다. 그 호수 위로 희미한 아지랑이가 일고 있었다.

바율은 말에서 뛰어 내려 호수로 달려갔다. 그리고 손을 담가 보았다.

"뜨거워."

짐작은 했지만, 역시나 그냥 호수가 아니었다. 생각했던 것보다 훨씬 더 큰 규모의 온천 호수를 바라보며 바율은 한동안 말을 잇지 못했다.

"오호! 수십, 아니 수백 명이 한꺼번에 온천 놀이를 할 수도 있겠는걸."

협곡을 둘러보던 마황이 꽤 마음에 든다는 듯 감탄하며 바율 곁으로 다가왔다.

"우아! 랑트에 이런 곳이 숨어 있었다니!"

"당장 물에 뛰어들고 싶다!"

"너무 아름다워요!"

뒤늦게 협곡 안으로 들어선 병사들과 인부들의 탄성 소리가 여기저기서 들려왔다. 해가 저물고 있기도 했지만, 절벽이 그늘을 만들어 준 덕에 협곡 안쪽은 더위가 거의 느껴지지 않을 정도였다.

마땅한 건물 하나 없는 곳이었지만, 이곳이라면 며칠이고 노숙을 할 수 있을 것 같았다.

그렇게 야영이 시작되었다. 능숙하게 막사를 짓는 만월

기사단을 시작으로, 사람들이 각자 일사불란하게 움직였다. 마부들은 고생한 말에게 물과 먹이를 주고, 여인들은 서둘러 저녁을 준비했다.

스피넬이 불꽃을 띄워 준 덕분에 해가 완전히 지고 나서도 사람들은 큰 불편함을 느끼지 못했다.

"이런 곳에 사람이 없다는 게 좀 이상하네요."

란데르트 공작의 막사에서 식사를 하던 중, 바율은 문득 의문이 서렸다. 랑트에도 분명 사람이 살고 있다고 하지 않았던가. 척박한 땅덩이로 가득한 이곳에서 온천 호수를 품고 있는 협곡은 정착해서 살기에 꽤 좋은 입지 조건이었다.

"혹시 식수로는 사용할 수 없는 물인가요?"

"그건 아닙니다. 다만 얼마 전, 아니…… 오늘까지만 하더라도 대형 몬스터들이 자주 오가는 곳이었기 때문입니다. 그래서 자연스레 멀리하게 된 것이지요."

"오늘까지 그랬다는 건, 템페스타 덕분에 그 문제가 해결되었다는 말씀이시군요?"

"예, 뭐. 그렇게 봐야지요. 하하하……."

낮에 템페스타를 흥본 게 걸리는 듯 사다드가 어색한 웃음을 남발했다.

본인의 실수를 만회하고자 템페스타는 현재 또 주변 정찰에 나간 상태였다. 바율로서는 녀석이 이걸 들어야 했는데, 하는 아쉬움이 살짝 들었다. 그때 란데르트 공작이 말을 꺼내며 분위기를 전환했다.

"오늘은 이미 날이 어두워졌으니 푹 쉬기로 하고, 내일부터 공사에 들어가도록 하지."

"네, 공작 전하. 그에 앞서 간단하게 설명을 좀 하겠습니다."

랑트를 관광 도시로 키우려면 다른 도시에는 없는 특별함이 있어야 했다. 그것은 이미 너른 온천과 절벽이 가미된 절경 등으로 충분했다.

가장 큰 문제는 관광을 하러 온 사람들이 머물 수 있는 공간을 마련하는 일이었다. 당연한 말이지만 그들은 잠도 자야 하고 식사도 해야 했다.

"이곳이 도시로 발전하기 위해서는 많은 게 필요합니다. 안전하다는 인식을 심어 주는 것 역시 중요하죠."

그런 면에서 랑트가 정령사인 바율과 만월 기사단이 거주하는 해밀턴과 가까운 곳에 있다는 건 엄청난 이점이었다.

"그럼 숙소를 짓는 문제가 가장 시급하겠군요. 상권을 형성할 이주민과 물자는 해밀턴을 통해서 들어오면 될 테니까요."

"한 가지 문제가 더 있습니다."

"그게 뭐죠?"

"신전입니다."

"…신전이요?"

의외의 대답에 바율은 갸웃했다.

"대륙의 모든 대도시에는 신전이 있습니다. 그러니 랑트에도 당연히 신전을 지어야지요."

"아."

그러고 보니 맞는 말이었다.

'신전이라. 어떤 신전을 지어야 하지?'

해밀턴은 전쟁의 신을 믿는다. 그걸 따라가야 하나, 바율이 자연스레 고민하고 있는데 갑자기 크루델리스가 끼어들었다.

"냉혹의 신전을 지으면 되겠군."

"…예?"

"내가 잘 키워 줄게."

마치 선심 쓰는 듯한 말투였다.

"뭔 개소리야?"

뜬금없는 그의 말에 당황한 바율이 뭐라 답을 못하고 있을 때였다. 열심히 고기를 뜯고 있던 데스가 험악한 표정을 지으며 받아쳤다.

"당연히 물으나 마나 절망의 신전이지! 바율 너는 나와 친화력이 높잖아!"

"그건 그렇죠……."

그게 대체 무슨 상관인지는 모르겠지만, 친화력이 높은 것은 맞기에 바율은 얼결에 고개를 끄덕였다.

"친화력이라면 나와도 곧 생길 텐데, 그건 신전을 짓는 이유로 적절하지 못하지."

"댁은 한 달 반, 아니 이제 한 달 남짓 남았겠군. 조만간 마계로 돌아갈 거면서 왜 이렇게 관심인데? 설마 바율과의 거래를 어길 셈인가?"

"그 또한 신전 건립과는 무관한 얘기로군."

"냉혹의 신 따위를 누가 믿는다고! 마계에서나 쳐주지, 여기 인간계에선 아고스보다 못한 신세라는 걸 알아야지!"

"절망의 신전도 신도 수가 없기는 비슷한 처지 아니던가?"

"언제 적 얘기를 하는 거야? 내가 신탁을 내린 이후로는 신도 수가 엄청나게 늘었거든?"

바율에겐 상당히 골치가 아팠던 사건이지만, 결과적으로 신탁에 대한 소문이 퍼지면서 절망의 신을 찾는 신도 수가 증가한 것은 사실이었다.

"그 어처구니없는 신탁 말인가? 그것 때문에 바율이 고생을 꽤 했다지?"

"…어떤 새끼가 그래?"

그 신탁에 대해 떠들 만한 놈이라면 바르와 아몬, 아고스. 이들 셋뿐이었다. 개중 누가 주둥이를 함부로 놀렸는지, 잡히면 가만두지 않으리라. 데스의 검은 눈동자에 불꽃이 일었다.

그 일로 한동안 리타의 음식에 손도 대지 못했던 것만 생각하면 아직도 바득바득 이가 갈리는 데스였다.

"큼큼!"

당시 데스가 벌인 짓에 약간의 거짓말을 보태 리타에게 고자질하자던 건 사다드의 의견이었다. 내심 찔렸는지 그가 밥을 먹다 말고 헛기침을 토했지만, 다행히 데스는 전혀 눈치를 못 챈 듯했다.

"궁금하면 직접 알아봐."

수하를 사지로 내모는 것은 마황으로서 할 짓이 아니었다. 크루델리스가 입가를 고약하게 실룩이며 본격적으로 바율 공략에 나섰다.

"냉혹의 신전, 이름부터 멋지지 않아? 이래 봬도 내가 마황이잖아. 마계 서열 1위의 절대자. 여기 분위기와도 잘 맞고."

지금은 여름이지만, 겨울이 오면 북부는 얼음과 눈으로 뒤덮이는 곳이었다. 냉혹의 신은 차가운 느낌이니 언뜻 어울리는 것 같기도 하다.

"얼어 죽을 분위기는! 온천 도시로 만들겠다는 소리 못 들었어? 추운 겨울에 몸을 녹이러 온천욕 하러 오는 인간들이 냉혹의 신전을 참 좋아라 하겠다!"

"그런 식이면 절망의 신전도 마찬가지지. 관광 도시에 그런 시커멓고 삭막한 신전이 들어서면 다들 기겁해서 다신 안 올 거다!"

"냉혹의 신전보다는 나을걸?"

"그렇게 자신 있어? 그럼 한 번 물어볼까?"

마황이 턱을 치들며 주위를 휘휘 둘러봤다.

"당신들 생각은 어떻지? 아무래도 저급한 절망의 신전보다는 냉혹의 신전이 훨씬 위엄 있어 보이지 않나?"

"……."

"뭐야? 듣고 있는 거야? 왜 아무도 답이 없어?"

마황의 눈초리가 까끄름하게 올라갔다. 바율을 빼고는 다들 자신에게 눈길 한 번을 주지 않고 밥만 먹고 있었기 때문이다.

란데르트 공작은 애초에 마족들의 싸움에 별 관심이 없었고, 사다드는 둘 사이에 잘못 끼어들었다가 괜한 불똥이 튈 거 같아 말을 아꼈다. 이언과 헤이즈는 원래 식사 중에는 입을 잘 열지 않는 편이었다.

"거기, 사다드라고 했던가?"

마황이 가느다란 표정으로 사다드를 콕 찍었다. 본능적으로 가장 만만한 이를 고른 게 아닐까 하고 바율은 추측했다.

"계속 떠들다가 갑자기 왜 말을 안 해? 설마 냉혹의 신전이 별로라고 생각하는 건가?"

"하하, 그럴 리가 있겠습니까?"

"그렇지? 냉혹의 신전이 절망의 신전보다는 백 배 낫지?"

"아, 아무렴요. 미모로 보나…… 서열로 보나…… 아하하하!"

사다드가 안쓰러울 정도로 식은땀을 흘리는 것이 마황에게는 보이지 않는 모양이었다. 진심이라고는 전혀 느껴지지 않는 답변임에도 매우 만족한 듯 그의 입가가 미소로 벌어졌다.

'되게 잘생겼네.'

그걸 보고 있자니 바율은 저도 모르는 새 크루델리스의 외모에 주목하게 되었다.

그의 주변에서 최강 미모로 꼽히는 건 언제나 일리이였다. 라예가르가 나타난 후로 입지가 좁혀지긴 했지만, 녀석이 웃을 때면 바율은 아직도 가끔 넋이 나가곤 했다. 그 비슷한 기분을 지금 마황을 보며 느낀 것이다.

하지만 그의 신분 때문일까. 일라이와 달리 약간의 소름도 돋았다.

'저 미소에 속으면 안 돼.'

"사다드, 진짜 그렇게 생각해?"

데스가 완벽하게 발라 먹은 고기 뼛조각을 집어 던지며 사다드에게 물었다. 그들이 식사 중이던 막사는 판판한 돌바닥 위에 설치된 상태였다. 그 돌바닥을 뚫고 뼛조각이 푹 박히는 소리가 사다드에게는 마치 사형 선고처럼 들렸다.

아니, 대체 저한테 왜들 이러십니까?

황궁 베르가라에서도 말발로 밀리는 법이 없는 사다드이거늘, 지금 이 순간만큼은 아무 말도 하지 못한 채 그저 울상이 돼서는 입술만 깨물었다.

마족들의 다툼에는 이골이 난 그였지만, 그건 어디까지나 그들끼리 싸울 때였다. 엮이고 싶은 마음은 터럭만큼도 없었다.

"만약 여기에 절망의 신전을 세운다면, 내가 다시 한번 신탁을 내려 주지."

데스는 파격적인 조건을 제시했다. 신탁은 일반적으로 아무 때나 자주 내려지는 게 아니었다. 그렇기에 신탁에 대한 소문이 퍼지면 없던 신도들도 기하급수적으로 급증하여 한동안 부흥기가 찾아오기도 했다.

물론 그걸 노리고 거짓으로 신탁을 꾸며 내는 신전도 있지만, 신기하게도 그런 경우에는 반드시 대가가 따라왔다.

"그깟 신탁, 나도 해 줄 수 있어. 그냥 내가 아예 신전을 하나 지어 줄까? 흐음, 저쪽 어때? 입구에서 들어서면서부터 눈에 확 띄고 좋을 것 같군."

마황은 한술 더 떠서 신전을 직접 지어 주겠다고 나섰다.

때아닌 접전이었다.

이게 뭐라고 이렇게까지 하시는 건가요?

바율은 목구멍까지 할 말이 치솟았지만, 형제의 자존심이 걸린 문제였기에 다시 꿀꺽 삼킬 수밖에 없었다. 다른 마족들이 없는 게 새삼 다행이었다. 있어 봤자 기가 죽어서 할 말도 못 했을 것 같지만.

"굳이 신전이 필요할까요?"

그때 식사를 마친 헤이즈가 처음으로 의견을 피력했다. 그녀는 두 마족이 자신을 어떤 눈으로 보는지 전혀 알지 못한 채 설명했다.

"대도시에 신전이 있어야 한다는 데는 동의합니다. 하지만 랑트는 해밀턴과 가깝습니다. 해밀턴을 통하지 않으면 올 수 없는 곳이기도 하고요. 신전을 반드시 방문해야 하는 이들이라면 어련히 알아서 해밀턴을 찾을 거라고 생각합니다."

"듣고 보니 그렇군."

막 식사를 끝낸 이언도 공감하며 고개를 끄덕였다.

"랑트는 아직 도시로서의 모습을 갖추지 못했으니, 당장 신전을 짓는 일이 급한 건 아니라는 생각도 듭니다."

"흐음."

포도주가 담긴 컵을 내려놓으며 공작은 잠시 생각에 잠겼다. 헤이즈와 이언의 말에도 일리는 있었다. 하나 둘은 한 가지 간과한 것이 있었다.

"사고가 나면 어떡할 거지?"

"사고요?"

"그래, 혹 병자가 생기기라도 하면 어떡할 거냐는 말이다."

"그땐…… 방금 헤이즈가 말했다시피 해밀턴으로 가야 하지 않겠습니까?"

"응급 환자가 아니면 그런 방법도 가능하겠지. 그러나 그 반대의 경우라면 어떡할 텐가? 그냥 죽게 내버려 둘 텐가?"

란데르트 공작의 물음에 이언은 선뜻 답하지 못했다. 언제 어디서든 항시 최악의 수를 염두에 두는 주군의 방식을 잠시 잊고 있었다.

"신전은 랑트의 영지민들과 관광객 모두를 지키기 위해 꼭 있어야 한다."

"맞습니다, 공작 전하. 즐겁게 놀러 와서 불상사가 생기면 안 되지요. 능력 있는 고위 사제를 최소 둘 이상은 모셔와야 할 겁니다."

두 마족의 눈빛을 견디지 못해 여태 조용히 있었던 사다드가 기다렸다는 듯 대꾸했다. 그러자 마황이 저만 믿으라는 듯 돌연 한쪽 눈을 찡긋거렸다.

"그쯤이야 내가 해결해 줄 수 있지."

"못 볼 걸 봐선지 눈이 썩어 들어가는 것 같아."

데스는 그답지 않게 밥맛이 뚝 떨어졌다.

"더는 못 먹겠군."

그가 신경질적으로 식기를 내려놓자 둔탁한 소음이 막사 안에 퍼졌다.

"다 처먹어 놓고 헛소리는."

누가 보면 설거지를 끝냈다고 착각할 만큼 데스의 식기에는 양념조차 묻어 있지 않았다. 먹는 중간중간 '리타가 한 게 더 맛있는데', '리타는 대체 왜 같이 안 온 거야?', '바르 자식이라도 데려올걸' 등 연신 투덜거리더니 참 잘도 먹었다.

"아무튼, 얼른 결정해. 누구의 신전을 세울 기냐고."

마황은 집요했다. 그는 이참에 냉혹의 신전을 인간계에 널리 전파하겠다는 야심을 굳이 숨기지 않았다.

"리타에게 결정하라고 하면 어때요?"

이 난관을 어떻게 극복해야 하나 갖은 머리를 굴리다 보니 불현듯 좋은 생각이 떠올랐다.

"리타에게?"

"네. 리타가 이런 쪽으로 감이 좋거든요."

바율은 되지도 않는 핑계를 즉석에서 만들어 냈다.

"전 둘 다 좋을 것 같긴 한데 하나만 정해야 하는 거니까, 이왕이면 감 좋은 리타에게 맡기면 어떨까 싶습니다."

지금 여기서 누가 뭐라고 해도 마황이나 데스는 절대 뜻을 굽히지 않을 터였다.

하지만 리타라면 얘기가 달라졌다. 마족에 한해서는 절대적인 권력을 휘두르는 게 바로 리타였다. 과장을 조금 보태면 데스는 아마 리타가 죽는시늉을 하라고 해도 시키는 대로 하고도 남았다. 시간이 조금만 더 지나면 크루델리스도 그렇게 될 확률이 높았다.

그런 리타의 결정이니 감히 토를 달 수는 없을 것이다.

'오오오! 도련님! 멋지십니다!'

바율의 노림수에 사다드가 안도의 숨을 몰아쉬며 존경의 눈빛을 마구마구 보냈다.

'아 씨, 왜 난 진작 생각 못 한 거지?'

주먹으로 본인의 머리통을 내리치며 반성의 시간을 잠시 갖기도 했다.

"좋아. 리타라면 내가 좀 유리하지."

무슨 자신감인지 데스가 갑자기 헤실헤실 웃었다.

"그 인간 소녀는 널 전혀 좋아하는 것 같지 않던데?"

"보이는 게 다가 아니거든."

자신이 리타에게 호감을 사지 못했다는 건 데스도 인정하는 바였다. 자기만 보면 버럭 소리부터 지르는 그녀가 아니던가.

하나 데스에겐 비장의 무기가 있었다. 왜인지는 몰라도 그녀는 절망의 신이 소원을 참 잘 들어준다고 스치듯 말한 적이 있었다.

한마디로 '데스'가 아닌, 절망의 신 '데스페라티오'로서는 이미 리타에게 엄청난 환심을 얻었다는 얘기다. 실제로 그녀는 캐링스턴에서도 절망의 신전을 자주 찾고는 했었다.

그런 그녀가 난데없이 냉혹의 신전을 선택할 확률은 거의 없다고 보아도 무방했다.

"자, 그럼 결론 난 거죠?"

의미 없는 실랑이에 드디어 마침표를 찍었다. 마황은 좀 찜찜했지만, 반박할 명분이 없었다.

'돌아가면 좀 잘해 줘야겠군.'

그저 남몰래 작은 각오를 다질 뿐이었다.

Chapter 7.
협곡 도시

1.

"으흐음."

어슴푸레하게 날이 밝아 올 무렵, 바율은 기지개를 켜며 잠에서 깨어났다. 어제 종일 말을 타고 이동을 했던 게 제법 고됐는지 간밤엔 거의 기절하다시피 잠들었던 것 같다.

잠들기 직전, 신전 건립에 대한 문제로 데스와 마황이 2차전을 벌이는 바람에 분위기가 다시금 싸늘해졌지만, 시다드의 재치로 금세 마무리가 되었다.

"두 분께서 마음이 급하신 듯하니, 리타 양에

게 편지라도 써 볼까요? 이곳의 상황을 하나도 빠.짐.없.이. 있.는. 그.대.로. 적어 전달하도록 하겠습니다. 중요한 문제이니만큼 리타 양도 선택하기 전 충분한 정보가 있어야 할 테니까요."

리타에게 선택받기 위해선 여러 면으로 잘 보일 필요가 있었다.

기본적으로 깔끔한 걸 좋아하는 그녀는 청소 검사를 하루도 거르는 법이 없었다. 먼지라도 발견되는 날엔 한바탕 혼날 각오를 해야 했다. 게으름 역시 싫어하기 때문에, 빈둥거리다 들키면 다다다 잔소리를 퍼붓기가 일쑤였다.

하지만 일련의 문제들과 비교조차 할 수 없을 정도로 괴로워하는 일이 있었으니, 바로 바율이 힘들어하는 것이었다. 실제로 바율의 기분에 따라 리타의 음식 맛도 달라지는 경우가 잦았다.

사다드의 편지를 리타가 받게 된다면 난리를 피울 게 분명하다. 바율은 그 어느 때보다 곤란한 표정을 짓고 있었으니까.

"보기보다 성질이 급한 인간이었군. 일단 더 이상
은 말 꺼내지 않도록 하지."

"…나도 입 다물게."

그렇게 해서 다들 무사히 잠자리에 들 수 있었다. 심지어 두 마족 형제는 사이좋게 막사를 공유하기까지 하였다.

물론 '마황인 내가 이런 수모를 겪어야 한다니', '젠장, 무덤까지 가지고 가야 할 비밀이 생겼군' 등의 잡음이 있기는 했지만 말이다.

간밤에 별일 없었겠지?

눈 뜨자마자 마족 형제들부터 걱정하는 스스로가 웃겨서 홀로 피식거리던 바율은 문득 아버지의 침상이 비어 있는 것을 발견했다.

"응? 아버지께서 어디 가셨지?"

지난밤, 바율은 아버지와 함께 한 막사에서 밤을 보냈다. 한데 완전히 곯아떨어졌던 탓인지 나가시는 소리도 듣지 못했다.

"설마 내가 코를 곤 건가……?"

불길한 상상이 불쑥 몰아치자 바율은 후다닥 몸을 일으켰다. 아카데미에서 룸메이트의 코골이 문제로 잠을 설치는 학생들이 간혹 있다고 들었었다. 행여 자신이 아버지께 그런 불효(?)를 저질렀을까 봐 바율은 아침부터 싱숭생숭해졌다.

"나가서 아버지를 찾아봐야겠어."

이럴 게 아니라 아버지의 상태가 어떠신지 직접 두 눈으로 확인해 보는 게 마음이 편할 것 같았다. 바율은 서둘러 옷을 챙겨 입고 대충 눈곱만 떼고는 막사 밖으로 뛰쳐나갔다.

사위는 아직 어둑했다. 부족한 막사 때문에 많은 사람들이 지푸라기나 얇은 모포 따위를 깔고 한뎃잠을 자고 있었다. 겨울이 아니라는 게 새삼 다행이었다.

"도련님, 일어나셨습니까?"

"이언 경."

어느 틈엔가 말끔히 제복을 갖춰 입은 이언이 다가와 바율에게 인사를 건넸다.

"혹시 이언 경도 잠자리가 편치 않으셨던 겁니까? 이렇게 일찍 일어나 계실 줄은 몰랐습니다."

"저런, 많이 불편하셨습니까? 하긴, 당연히 익숙하시진 않을 테죠. 제가 담요라도 한 장 더 깔아 드렸어야 했는데. 죄송합니다."

"아니요, 이언 경. 저는 이상할 정도로 아주 잘 잤습니다. 사실 일어나면 근육통으로 좀 고생할 거라고 생각했었는데, 어째 오히려 어제보다 상태가 더 나아진 것 같아요."

그 사이 체력이 좋아지기라도 한 건지, 바율의 말은 진심이었다.

"다만 전 아버지가 걱정입니다. 혹여 저 때문에 제대로 못 주무신 건 아닐지 해서⋯⋯."

"아, 그런 거라면 염려 놓으십시오. 공작 전하께선 며칠을 잠 한숨 주무시지 않고도 끄떡없으신 분이니까요."

"예? 그게 무슨⋯⋯?"

사람이 어떻게 잠을 안 자고 며칠씩이나 버틸 수 있단 말인가? 바율이 생각하기에 아무리 아버지라도 그건 말이 되지 않았다.

"공작 전하께선 지금 주변을 살피고 계십니다. 같이 가보시겠습니까?"

"네."

바율은 순순히 고개를 끄덕였다. 아버지를 찾아서 뵙는 것도 일이지만, 이곳을 온천 도시로 탈바꿈시키려면 자신 또한 일대를 전체적으로 둘러보아야 할 필요성이 있었다.

"제가 앞장서겠습니다."

이언이 바율을 데려간 곳은 절벽의 상부와 연결된 계단이었다. 호수를 반 정도 지나치는 부근쯤에 사람이 인위적으로 만든 듯한 돌계단이 나타났다.

아무 생각 없이 계단을 오르던 바율은 이내 숨이 찼다. 이마에도 어느새 땀이 송골송골 맺혔다. 중간에 잠깐 밑을 내려다보자 아찔하니 현기증이 났다.

'여기서 떨어지면 바로 죽을 것 같아.'

물론 바율에겐 바람의 힘이 있으니 그런 끔찍한 일은 벌어지지 않겠지만, 높은 곳에 오르니 겁이 나는 건 어쩔 도리가 없었다.

"공작 전하."

"왔느냐?"

이언과 바율의 기척을 진즉부터 느끼고 있었다. 란데르트 공작이 몸을 돌리며 반갑게 아들을 맞았다. 절벽을 오르는 동안 시간이 꽤 흐른 듯, 해가 서서히 돋고 있었다.

그 솟구치는 태양 빛을 고스란히 맞으며 절벽 끝에 서 계신 아버지의 모습에, 바율은 일순간 압도되었다.

이유는 알 수 없었다.

그저 그 순간 아버지가 세상에서 가장 완벽한 사람이 아닐까, 하는 생각이 불현듯 들었다.

그리고 그런 아버지를 뵙자마자 깨달았다.

애초에 아버지께 간밤의 피로 따위는 아예 존재한 적조차 없었다. 다만 언제 어디서나 보아 왔던 강인함만이 느껴졌다.

"더 자지 않고 왜 벌써 일어난 게냐?"

"눈이 일찍 떠졌습니다. 아버지께선 여기서 무얼 하고 계셨던 겁니까?"

"구상을 하는 중이었다. 어디에 무엇을 세우고 길을 낼지를 말이다."

"그건 사다드 경께서 이미 계획하고 오신 게 아니었나요?"

바율은 아버지 곁으로 조심스럽게 다가가며 물었다.

"와, 장관이네요."

정확히 협곡의 입구 사이로 일출이 보였다. 환한 붉은빛이 협곡 안쪽을 비추자 마치 반짝이는 호수가 노래라도 하는 듯했다.

"사다드가 설계를 하긴 했지만, 현장에선 으레 변수가 생기는 법이다. 여기도 그럴 만한 게 아주 많구나."

"무슨 좋은 수라도 떠오르신 겁니까?"

때마침 계단 쪽에서 사다드의 음성이 들렸다. 이제 막 씻었는지 머리칼이 젖은 채로 그가 정상으로 올라섰다.

"이제 일어난 겐가?"

공작의 질책 어린 말투에 사다드가 공손히 허리를 숙이고는 아침 문안 인사 대신 가벼운 변명을 입에 담았다.

"어제 이런저런 생각을 좀 하느라 잠을 설쳤습니다."

"네 게으름이 도진 건 아니고?"

"이언 선배, 아직 해가 완전히 뜨지도 않았다고요. 꼭 그렇게 저를 괴롭히셔야 속이 후련하십니까? 많이 늦지도 않앉잖아요."

"사다드 선배가 제일 꼴찌로 기상하셨습니다."

아버지를 호위하듯 서 있던 헤이즈가 한마디 보태자 사다드가 입술을 삐죽이며 혼잣말로 무어라 구시렁거렸다. 잘 들리지는 않았지만, 누구를 향하는 말인지는 대충 짐작이 갔다.

"그러고 보니 만월 기사단은 전부 기상하셨군요? 전 제가 일찍 일어난 줄 알았는데…… 몰랐습니다."

절벽 위와 아래를 자세히 살피니 분주하게 움직이는 기사단의 모습이 그제야 바율의 시야에 들어왔다. 그들이 부지런하다는 건 사전에 알고 있었지만, 이렇게까지 이른 시각부터 일을 시작하는 줄은 몰랐다.

"저 아래 동굴이 보이느냐?"

란데르트 공작이 아들과 수하들의 관심을 단번에 절벽에 난 동굴로 이끌었다.

"대충 살펴보니 절벽 안쪽으로 흔적이 존재하더구나."

"흔적이라 하시면, 어떤 종류의 것을 말씀하시는 겁니까?"

"사람이 살았던 자취가 남아 있었다. 그것도 다수가 머물렀던. 완벽하진 않지만, 통로도 발견했지."

"그러니까 공작 전하 말씀은, 이 협곡을 둘러싸고 절벽 안에 공간이 있다는 말씀인가요? 사람이 머물 수 있는?"

"그렇다."

일전에 사다드가 방문했을 때는 미처 발견하지 못했던 것이었다. 그렇다는 건 쉽게 오갈 수 있는 구조는 아니란 얘기였다.

"언제, 누구인지는 몰라도, 사람들이 이 협곡에 마을을 형성해서 살았었다는 증거로군요?"

"절벽 내부에 거처가 존재했다면, 몬스터들에게서 몸을 안전하게 숨기고 살 수 있었겠습니다."

"근데 왜 지금은 없는 거죠? 그 명맥을 유지했다면 지금쯤 군락을 이룰 수도 있었을 텐데요."

"글쎄. 우리가 모르는 어떤 사정이 있었겠지. 몬스터들이 갑자기 늘어났다든가 하는 그런 종류의."

"셰임에게 물어볼까요?"

듣다 보니 문득 궁금해졌다.

"셰임은 대지의 기억을 읽을 수 있거든요. 상급 정령이 되었으니 어쩌면 과거에 여기에서 일어났던 일을 알 수 있을지도 몰라요."

"아아, 그 드로우 후작의 아들인 세자리오가 한 짓도 그래서 들통이 났다고 했죠?"

직접 보지는 못했지만, 서류에서 읽은 기억이 났다. 사다드가 대번에 호기심을 보이자 바율이 웃으며 셰임을 불러냈다.

"셰임, 나와 주겠어요?"

셰임은 늘 그렇듯 항상 바율의 주변에 있었다. 셰임이 모습을 드러내자 그의 검은 머리칼과 셔츠 자락이 정상을 가로지르는 바람에 이리저리 펄럭였다.

진짜 셰임이 맞는 거겠지?

작은 난쟁이 할아버지였다가, 잠시 중년의 노신사였다가, 이제는 어엿한 청년의 모습을 하고 있었다. 그것도 매우 잘생긴 미청년.

셰임의 변화는 다른 정령들보다도 극적이었던지라, 그가 셰임이라는 걸 누구보다 잘 알면서도 바율은 가끔 이렇게 스스로에게 되묻곤 했다.

"이곳에서 무슨 일이 있었는지, 대지의 기억으로 보여주실 수 있나요?"

"물론입니다."

셰임은 망설임이 없었다. 그가 손을 뻗자 절벽 위에 흩어져 있던 흙들이 공중으로 흩날리며 작은 모래바람을 형성했다. 그것은 곧 빠른 속도로 과거의 한때를 재현했다.

놀랍게도 절벽 안쪽에는 란데르트 공작도 보지 못한 수많은 방과 통로가 거미줄처럼 얽혀져 있었다. 그리고 그 안에는 인간들이 함께 모여 살았다.

아이들은 까르르 웃으며 술래잡기 놀이를 했고, 아낙들은 밥을 짓고 빨래를 하며 가정을 돌보았다. 사내들은 무리를 지어 사냥을 해 오고, 돌아가며 협곡의 주변을 경계하고 감시했다.

그러다 어느 날 전염병이 돌았다. 절벽 안에서 가깝게 모여 살았기 때문일까. 병은 걷잡을 수 없이 빠른 속도로 번졌고, 결국 마을 주민 모두가 죽음을 피하지 못했다.

시체의 냄새를 맡고 몬스터들이 하나둘 몰려들더니, 결국 인간이 아닌 몬스터의 땅이 되고 말았다. 너무나 안타까운 결말이었다.

"상당히 오래전에 있었던 일 같네요."

분위기가 가라앉자 사다드가 부러 밝은 목소리로 말했다.

"신전은 꼭 지어야겠습니다. 전염병은 결코 좌시해서는 안 되는 일이니까요."

"셰임."

심각한 낯빛으로 대지의 기억을 보고 있던 란데르트 공작이 별안간 셰임을 불렀다.

"말씀하십시오."

공작은 셰임이 섬기는 왕, 바율은 아니지만, 그런 그의 아버지였다. 그래선지 셰임의 태도는 대단히 정중했다.

"저대로 복원할 수 있겠나?"

공작이 가리키는 건 여전히 허공에 떠 있는 과거의 도시 모습이었다.

"공작 전하, 설마……."

"그래, 절벽 내부를 복원하고 다듬어서 호텔로 만들까 하는데…… 자네 생각은 어떤가?"

"호텔이요?"

바율의 새된 물음에 공작이 가까이 와서 보라며 손짓했다.

"절벽 전체를 건물의 한 단면으로 생각해 보거라. 층마다 창과 테라스를 만들면 어느 위치에서나 호수를 내려다볼 수 있다. 호수 근처에는 광장을 조성하고, 그곳을 중심으로 대로를 내어 주변을 식당과 상점으로 채우는 거지."

건물을 새로 짓는 것이 아니라, 절벽 내부의 공간을 활용해서 숙소를 건설하겠다는 뜻이었다. 이런 건 어디서도 듣도 보도 못했다.

"정령사라는 너의 신비한 이미지와 매우 잘 어울리는 것 같지 않으냐?"

바율이 아는 아버지는 만월 기사단의 단장이자, 제국의 군사를 통솔하는 총사령관이었다.

전쟁이나 분쟁을 해결하시는 분이 하루아침에 이런 놀라운 걸 생각해 내시다니.

자상한 미소로 자신을 내려다보는 아버지가 바율은 경이로울 지경이었다.

2.

계획은 일사천리로 진행되었다. 거대한 돌산에 터널까지 뚫은 셰임에게, 절벽 내부에 존재하던 마을을 보수하는 것 정도는 그리 어려운 일이 아니었다.

표면이 매끄럽지 못한 벽과 천장을 자로 잰 듯 평평하게 다듬고, 객실의 문은 터널의 입구처럼 부드러운 아치형으로 모양을 내어 특별함을 주었다.

해가 들지 않아 어쩔 수 없이 눅눅할 수밖에 없는 장소에는 습기를 빨아들이는 식물을 장식인 양 대거 심어 놓았다.

사람들이 편히 올라가고 내려갈 수 있도록 바닥을 정리해 층계를 만들고, 추락할 만한 위험이 있는 지대에는 바위와 나무뿌리 등을 이용해서 난간을 설치했다.

가장 중요한 호수를 전망할 수 있는 절벽 면에는 유리창의 규격에 맞게 미리 일정한 간격으로 구멍을 뚫어 두었다.

셰임이 열심히 일하는 동안 다른 정령들도 놀고 있지만은 않았다.

스피넬은 호텔 내부와 통로마다 불꽃을 띄워 오가는 인부들이 위험하지 않도록 길을 밝혔다. 그러다 가끔 석벽 천장이나 벽에서 물이 흐르는 것을 발견하면 직접 열을 가해 순식간에 근방을 건조하게 만들었다.

종일 요리하는 사람들을 위해서는 친절하게 불씨를 제공해 주기도 했다.

이노센트는 온천 호수가 원래도 나쁘진 않았지만, 어딘가 밋밋하다며 셰임과 함께 자기 입맛대로 손을 보았다. 다행스럽게도 바율은 고친 쪽이 훨씬 더 마음에 들었다.

호수의 중앙에 작은 섬이 생겨났다. 수중으로 뿌리가 길게 뻗은 푸른 나무들이 얽히고설킨 정글 섬이었다. 그 섬으로 들어가기 위해선 육지와 이어진 다리를 건너든가, 섬 양측으로 난 수문을 통과해야만 했다.

달맞이 섬이라 이름까지 붙여진 섬은 마치 미로 같기도 해서 탐험하는 기분으로 온천을 즐기기에 매우 적당했다.

섬을 기준으로 한쪽에는 호수 안에 낮은 벽들을 쌓아 물의 따뜻한 정도를 다르게 변화시켰다. 사람마다 선호하는 물의 온도에 차이가 있을 것이니 각자 원하는 곳을 찾아 온천욕을 하라는 배려였다.

남은 한쪽은 셋 중 가장 큰 면적을 차지하고 있었는데, 예외적으로 거의 손을 대지 않은 자연 그대로의 상태를 유지했다.

온천탕 한가운데 자리한 커다란 나무에 그네를 매달고, 지친 이들이 잠시 등을 기댈 수 있도록 보드랍게 다듬어진 바위를 호수의 가장자리에 가져다 둔 정도였다.

상급 정령의 힘은 실로 엄청났다. 이 모든 일을 다 하는 데 반나절도 걸리지 않았다는 게 바율은 믿기지가 않았다. 이전처럼 기운이 확연하게 줄어드는 느낌도 없었다.

혹시 이 근처에 정령석이 있는 것은 아닐까?

그런 합리적인 의심마저 들고 있었다.

"오늘은 야영할 필요가 없겠는걸요?"

사다드가 입이 귀에 걸려서는 신나게 손뼉을 쳐 댔다.

"호텔 개업 전에 시험 삼아 직접 묵어 보면 숙박 손님들이 무엇을 원하고 바랄지 조금이나마 참고가 되지 않겠습니까?"

"이제 고작 하루 지났을 뿐인데, 벌써부터 쉴 궁리하는 거냐? 특산품은 생각해 둔 게 있고?"

관광을 하러 오면 모름지기 선물을 사 가는 법이었다. 그 또한 랑트의 주 수입원이 될 것이다.

"에이, 그야 당연하죠! 그건 온천 도시를 구상하면서부터 정했다고요. 저를 너무 띄엄띄엄 보시는 거 아닙니까?"

사다드가 눈을 흘기자 이언이 손을 휘저으며 물었다.

"그래서 뭔데, 그게?"

"랑트에서 가장 흔한 게 뭐라고 생각하세요?"

"흔한 거?"

이언이 바쁘게 움직이는 인부들과 잡역부들을 둘러보며 인상을 찡그렸다.

"혹시…… 돌?"

"역시 선배는 눈치가 빨라요. 원래는 공사를 마무리하고 시작할 예정이었는데, 보시다시피 정령들 덕분에 진행이 예상보다 빨라서 아무래도 바로 특산품 작업에 착수해야겠습니다. 도련님, 템페스타의 도움이 필요한데, 괜찮으십니까?"

특산품과 템페스타가 무슨 관련이 있는지는 모르겠지만, 바율은 일단 고개를 끄덕였다.

"바율, 불렀어?"

일하는 인부들이 덥지 않도록 선선한 바람을 주기적으로 불어 주고 있던 템페스타가 자기 이름이 들리자 귀신같이 알아듣고 한달음에 날아와 초롱초롱한 눈을 빛냈다.

"템페스타, 너의 빠른 발 좀 빌릴 수 있을까?"

"빠른 발?"

"정령 중에선 누구도 너의 속도를 쫓아올 수 없다고 들었는데, 아닌가?"

"아니기는. 맞아, 다른 녀석들은 전부 느려 터졌지!"

바율이 부르는 줄 알고 냉큼 왔다가 사다드가 끼어들어 살짝 기분이 상하려던 템페스타였다.

하지만 그것도 잠시, 녀석은 자길 추켜세워 주는 사다드의 말에 쉽게 넘어갔다.

템페스타가 뭐든 말하라는 듯 한껏 거만하게 턱을 치켜들었다.

"랑트 곳곳에 퍼져 사는 사람들이 필요해."

"사람?"

"응, 그들의 도움이 있어야 하거든."

"무슨 도움?"

질문은 템페스타가 하고 있지만, 바율과 이언 역시 궁금하기는 마찬가지였다. 아니, 그들이 더 궁금했다.

"전 랑트의 특산품 제작을 이곳에서 긴 시간 뿌리내리며 살아온 토착민들에게 부탁하고 싶습니다. 랑트가 대도시로 거듭나려면 토착민들도 자연스럽게 합류하는 게 모양새가 좋을 겁니다."

"그건 저도 고민을 좀 해 봤는데, 솔직히 걱정이 큽니다."

바율의 안색이 굳어지자 사다드가 이해한다는 표정을 지었다.

"주인 없는 땅에서 자유롭게 살던 이들입니다. 그것도 매우 오랫동안을요. 당연히 세금은 전혀 내지 않았겠지요."

하지만 정식으로 영주가 부임했으니, 이제 그들에겐 납세와 부역의 의무가 동시에 생겼다.

"바율 도련님의 등장이 꼭 반갑지만은 않겠군."

여태 알아서 잘 살아왔던 이들에게 바율의 등장은 결코 이로울 수가 없었다. 자신이 그들이라도 싫을 것 같았다.

"이런 척박한 땅에서 버텨 온 자들이니, 자기 몸 하나 지키는 것쯤은 웬만한 용병보다도 실력이 나을 겁니다. 보통의 영지민들 같은 경우 영주에게 안전을 보장받는 대가로 세금을 지불하는 게 일반적인데, 여기선 그런 이유로 거둬들이기엔 적합하지가 않겠죠."

"제가 누군지는 알까요?"

랑트는 구조 자체가 대단히 폐쇄적인 곳이었다. 이곳에서만 갇혀 살았다면 세상 소식에 어둡기 마련이다. 어쩌면 새로운 영주가 부임한 사실 자체를 모르고 있을 수도 있었다.

"랑트는 완벽하게 자급자족이 가능한 터전이 아닙니다.

필요한 물품을 사러 일 년에 두어 번은 해밀턴을 다녀갔을 테니, 아예 모르지는 않을 겁니다."

"제발 그랬으면 좋겠네요."

그래야 그들을 설득하기가 조금이나마 수월할 것이다.

날 어떻게 받아들이려나?

바율의 얼굴에 어느덧 근심이 어렸다.

"근데, 토착민들에게 제작을 부탁하겠다는 특산품이 대체 뭐야?"

이언이 다른 말 말고 빨리 좀 답하라는 듯 추궁했다. 사다드는 씩 웃으며 바로 그에 부응했다.

"돌공예입니다."

"…돌공예?"

"여기 널린 게 돌 아닙니까. 특산품이란 자고로 그 지방에서 특별히 생산되는 물품을 뜻합니다. 그게 랑트에선 돌인 거죠."

"아, 그러니까 돌로 무언가를 만들어서 팔자는 말씀이시군요?"

"예, 도련님. 랑트를 방문하고 돌아가는 사람들은 모두 특산품을 하나 이상씩 사 들고 갈 겁니다."

사다드는 자신감이 넘치다 못해 고조되어 있었다.

"어떻게 그렇게 확신하세요? 돌은 무거워서 사람들이 그

다지 선호하지는 않을 것 같은데요."

"에이, 무거운 게 대수인가요?"

"……?"

"그 돌이 정령의 모형을 하고 있는데, 누가 안 사고 배긴답니까? 없어서 못 사는 상황이 발생할 테니 두고 보십시오."

"정령의 모형? 그럼 나를 만든다는 소리야?"

템페스타의 입가가 실룩이는 게 보였다. 사다드의 생각이 마음에 든 것이다.

"앞으로 제국 전역에 템페스타 너의 모습을 한 조각상이 널리 퍼질 거야. 이미 유명 인사이긴 하지만, 더 유명해지겠지!"

템페스타는 인정 욕구가 강한 편이었다. 그래서인지 더 유명해질 거라는 부분에서 완전히 넘어갔다. 소리를 지르며 공중제비를 도는 모습을 보니 어지간히도 신이 난 듯하다.

찬물을 끼얹고 싶지는 않았지만, 바율은 묻지 않을 수 없었다.

"토착민들이 그 정도 예술품을 만들 능력이 있을까요?"

"랑트산 돌공예품은 이미 그 질이 좋기로 정평이 나 있습니다. 돈 좀 있는 수집가들 사이에서도 인기라고 하더군요. 도련님이 그들의 마음만 잘 구슬리신다면, 특산품 제작에는 별 지장이 없을 거라고 확신합니다."

사실 이 건은 사다드가 전부 알아서 맡아 진행하려던 사안이었다. 토착민들의 반감을 사지 않고 접근하려면 시간도 필요했고, 무엇보다 도시 공사가 마무리되기까지 한참 걸릴 거라고 예상했기 때문이다.

하지만 정령들의 활약으로 일이 계획했던 것보다 빠르게 진행되었다.

이왕 이렇게 된 이상, 토착민들을 설득하는 데 일개 기사인 자신보다는 영주이자 정령사인 바율 도련님이 직접 나서는 편이 여러모로 유리할 거라는 게 사다드의 판단이었다.

"바율, 나 여기 있는 인간들이 어디 사는지 알고 있어! 지금 당장 찾아갈까?"

도착한 날부터 한시도 가만히 있지 않고 빨빨 쏘다닌 덕을 이렇게 보게 되었다.

"여기서 많이 떨어진 곳이야?"

"으음, 거리가 먼 데도 있고 아닌 데도 있는데."

"사람들이 많이 몰려 있는 곳 기준으로 말해 줘."

"거긴 약간 멀긴 해. 말을 타고 가면 한 시간 정도?"

물론 템페스타는 당장이라도 거기까지 데려다줄 수 있었

다. 하지만 이제는 녀석도 인간들이 이동할 때 그보다는 말을 선호한다는 걸 알았다.

바율은 협곡을 바쁘게 오가는 사람들을 지켜보았다. 개중에는 아버지와 만월 기사단의 모습도 있었다.

"사다드 경."

"네, 도련님."

"이번 일은 아버지와 만월 기사단 없이 조용히 다녀오도록 하겠습니다."

"안 됩니다, 도련님!"

이언의 노성에 바율은 그럴 줄 알았다는 듯 픽 웃었다.

"이언 경은 당연히 저와 함께 갑니다. 제 호위 기사이시잖아요."

"…알아주시니 다행입니다."

"데스와 크리스 씨도 데려갈게요. 그래야 아버지께서 안심하실 것 같거든요. 단출하게 넷이서 다녀오겠습니다. 아버지께 보고는 사다드 경이 해 주세요."

"네, 그렇게 전달 드리겠습니다."

예전이라면 사다드도 말도 안 된다며 펄쩍 뛰었을 노릇이었다. 하지만 이제는 그 역시 자신의 도련님이 얼마나 뛰어난 능력을 지니고 계시는지 알고 있다.

더욱이 이언에다가, 마족까지 둘이나 따라가니 별일은

없을 것이다. 만약 무슨 일이 생긴다면, 그건 상대측에게 유감스러운 사건이 될 터였다.

"지금 어디 가는 거야?"

데스는 본인이 지닌 청소 능력을 마음껏 발휘하던 중이었다. 경쟁이라도 하듯 크루델리스 역시 열과 성의를 다해 몰두하던 차였다.

뜬금없는 바율의 부름에 일단 말에 오르기는 했지만, 무슨 상황인지 알 길이 없다.

바율은 고삐를 쥔 손에 힘을 준 채로 간단하게 경위를 설명했다. 그러자 두 마족이 약속이라도 한 듯 동시에 얼굴을 구기며 말했다.

"땅의 주인이, 그 땅에서 몰래 비비고 살아가는 자들을 왜 굳이 설득해야 하지? 그냥 명령만 내리면 되는 거 아닌가?"

"왜 그런 쓰잘머리 없는 짓을 해야 하는지 전혀 모르겠군."

마계에선 강자의 말이 곧 법이었다. 말로 해서 듣지 않으면 그냥 죽여 버리면 끝이다. 이런 수고스러운 일을 했다간 외려 한심하다는 소리만 듣기 십상이었다.

"제가 알아서 할 테니, 두 분은 그냥 얌전히만 계셔 주세요."

어차피 바율로서도 그들에게 무언가를 바랐다기보단, 자신이 없을 때 사고라도 칠까 봐 불안한 마음에 데려온 것이었다.

"바율, 저기야!"

"응, 템페스타. 고마워."

녀석은 사람들이 놀라지 않도록 일단 모습을 감췄다.

주변이 온통 바위투성이지만, 좁은 개울이 마을 한복판을 가로질렀다. 석벽으로 지어진 이십여 채의 가구가 마치 사방을 견제하듯 둥근 원형의 형태로 자리하고 있었다.

"계십니까?"

마을 어귀로 들어가며 바율은 부러 목소리를 높였다.

핑!

그러자 마치 기다렸다는 듯 화살 하나가 바율을 향해 날아들었다. 당연히 그 살은 바율이 나서기도 전에 템페스타에게 막혔다.

하지만 그것은 시작에 불과했다. 곧이어 화살 비가 일행에게로 우수수 쏟아진 것이다. 이어 몸을 숨기고 있던 수십 명의 사내들이 무기를 꼬나든 채 함성을 내지르며 돌격해 들어왔다.

갑작스러운 상황에 바율은 잠시 얼이 나갔다. 다짜고짜 이들이 이러는 이유를 알 수가 없었기 때문이다.

설마 나를 적으로 오인한 건가?

그런 객쩍은 생각을 하고 있는데, 마황의 살벌한 말투가 바율의 귓가를 파고들었다.

"다 죽여 버릴까?"

그는 일행을 향해 달려오는 사람들을 마치 귀찮은 벌레 보듯 쳐다보고 있었다. 그 눈빛이 어찌나 차갑던지, 바율은 퍼뜩 정신이 들었다. 크루델리스라면 충분히 그런 짓을 벌이고도 남을 거란 생각이 들었기 때문이다. 마황에게 자비란 있을 수 없었다.

"다들 멈추세요!"

바율은 다급함에 소리쳤다. 더 이상 가까이 오면 어떤 일이 벌어질지 알 수가 없다. 공격을 받기는 했지만, 이들은 그의 영지민들이었다. 아무도 다치게 하고 싶지 않았다.

그런 바율의 진심이 통한 것일까.

고함을 치며 달려오던 사람들이 갑자기 제자리에 멈춰 섰다. 그뿐이 아니었다. 포물선을 그리며 날아오던 화살 역시 멈춰 버렸다. 허공에 뜬 채로.

마치 시간이 멈춘 듯, 모든 움직임이 사라졌다.

"거봐. 내가 뭐랬냐? 나와의 친화력도 곧 생길 거라고 했지?"

별안간 돌처럼 굳어 버린 토착민들로 인해 당황하던 바

율은 이게 무슨 소리인가 싶었다.

"위급 시 요긴하게 쓰이는 능력이긴 한데, 그걸 그새 가져가 버렸네? 신통하기도 해라."

멍한 얼굴로 자신을 돌아보는 바율을 향해 크루델리스가 흡족하다는 듯 미소를 지었다.

"그게 대체…… 무슨 말씀이세요?"

바율은 순간적으로 자신의 이해력이 떨어진 듯한 기분을 느껴야만 했다. 마황의 말을 듣고 있자니, 마치 지금 벌어진 기이한 현상의 주범이 자신이라는 것 같지 않은가.

바율이 한 일이라고는 '다들 멈추세요!' 라고 소리친 것밖에는 없었다.

'잠깐! 내가 멈추라고 하긴 했어…… 설마 그래서 사람들이 이렇게 된 건가?'

문득 떠오르는 생각에 바율이 기막혀하는데, 데스가 살벌한 어투로 마황을 추궁했다.

"댁이 한 거지?"

"내가?"

"그래. 시간을 동결시키는 거, 그쪽 특기잖아. 이런 식으로 아무 때나 막 끼어들면 일이 귀찮아진다는 거 몰라?"

"하, 인간계에 오래 머물더니 너도 아주 맛이 갔구나?"

"뭐야?"

마황의 업신여기는 듯한 말투에 데스가 으르렁거리며 바투 다가섰다.

"내가 뭣 하러 이런 귀찮은 짓을 벌여? 그냥 다 죽이면 될 걸 가지고."

"…그럼 이걸 진짜 바율이 했단 말이야?"

"그렇대도."

잠시 인상을 쓰던 데스는 크루델리스에 대한 의심을 순순히 접었다. 그의 말이 맞았다. 하찮은 인간 따위에게 기회를 주고자 권능을 사용할 만큼 자비로운 마황이 아니었다.

"어이가 없군."

여전히 작금의 상황을 파악하지 못한 채 어리둥절하고 있는 바율을 보며 데스는 미간을 찌푸렸다.

대관절 뭘 먹고 자랐기에 마족과의 친화력을 이렇게 빨리 쌓는 건지 놀라웠다. 게다가 한낱 인간이 어떻게 친화력이 높다는 이유만으로 마족의 권능을 멋대로 사용할 수 있는 건지 당최 알 수가 없었다.

아무리 전대 정령왕의 기운을 품고 있다지만, 이건 도가 지나치다.

달의 일족의 피를 이었다는 란데르트 공작의 영향인 걸까? 그도 아니면 리타의 음식을 어려서부터 먹어서 그런가?

시간을 제어하는 마황의 능력까지 훔쳐 간 바율이 훗날 얼마나 더 성장해 있을지, 데스는 자못 궁금해졌다.

"…데스?"

"왜 불러."

지금 바율이 의지할 데라곤 데스밖에 없었다. 왜 그런지는 모르겠지만, 데스와 마황을 빼고는 전부 움직이지 않고 있었기 때문이다. 거기엔 이언도 포함되어 있었다.

"이거 어떻게 풀어요?"

"그걸 왜 나한테 물어? 이건 네가 한 거고, 내 능력도 아닌데."

"…정말로 제가 그랬단 말이에요?"

두 마족 간에 오가는 대화를 듣긴 했지만, 바율은 믿을 수가 없었다. 그는 이런 괴이한 능력이 세상에 존재한다는 사실 자체를 지금 알았다.

"그런 건 나한테 물어야지. 어때? 내 능력 꽤 쓸 만한 것 같지 않아?"

"예?"

"아니지. 쓸 만한 정도가 아니라, 아주 멋진 능력이지."

바율이 지금 어떤 기분인지 조금도 이해하지 못한 채 마황이 자화자찬을 늘어놓았다.

"지금 이런 걸 물어보기에 적합한 때가 아닌 것 같긴 한데요. 크리스 씨를 만난 건 고작 며칠밖에 안 됐는데, 어떻게 이런 게 가능한 거죠? 친화력이란 건 함께 지낸 시간과 비례하는 것 아니었나요?"

바율은 이언 쪽으로 고개를 돌리지 않으려 애를 쓰며 마황에게 물었다. 놀란 가슴이 진정되자 이제 다른 게 걱정이었다.

"그리고…… 죽은 게 아닌 건 확실하죠? 다시 멀쩡하게 움직일 수 있는 거죠?"

자신이 시간을 멈추었다는 것보다 이언과 토착민들이 행여라도 원래대로 돌아오지 않을까 봐, 바율은 그게 더 겁났다.

"훗, 이렇게 순진해서야. 뭐, 그게 좀 귀엽기는 하지만."

마황은 피식 웃으며 바율을 달랬다.

"이들은 그저 우리와 달리 시간이 정지했을 뿐이다. 네가 멈춘 시간을 다시 움직이게 하기 전까지는 아무 일도 일어나지 않아."

"…기억은요? 혹시 지금 제가 하는 말을 들을 수는 있는 건가요?"

"아니. 이 순간은 저들에게 없는 것과 같아. 멈추었던 시간이 해제되는 순간, 멈추기 직전의 때와 바로 이어지지."

"아, 그건 다행이네요."

바율은 그제야 한시름 놓았다.

"좋은 거 하나 알려 줄까?"

"……?"

"이렇게 다가가 칼로 배를 쑤신다거나 목을 베면, 네가 시간을 다시 움직이는 순간 이놈은 죽는 거야. 감히 주제도 모르고 덤볐으니 대가는 치러야지."

크루델리스의 손에는 아무런 무기도 없었다. 하지만 그가 한 사내에게 다가가 손날로 목을 긋는 시늉을 하자, 바율은 경기라도 들린 듯 발작적으로 외쳤다.

"물러나세요! 절대 아무에게도 손대시면 안 됩니다!"

"방금 전에 널 죽이려고 했는데도?"

"네! 그래도 크리스 씨는 관여하지 마세요. 이건 제 일이라고요!"

인간의 목숨을 그렇게 함부로 다뤄서는 안 된다는 설교까지는 하지 않았다. 어차피 열심히 설득하려 해 봐야 이해하지 못할 것이기 때문이다.

마황이 보여 주는 친절은 오로지 바율이 품고 있는 전대 정령왕의 기운 때문이었다.

그중에서도 물의 정령왕, 다프네그란데의 힘. 그 때문에 인간인 바율에게 이례적으로 선심을 쓰는 것이다.

혹시 그런 호의가 친화력에도 영향을 미쳤을까.

마족 중에서 바율이 가장 많은 시간을 보낸 건 데스와 그의 수하들이었는데, 어째서 만난 지 며칠밖에 되지 않은 마황의 고유 능력이 자신에게 전이가 된 것인지 바율은 도무지 이해할 수가 없었다.

"간단한 걸 가지고 뭘 그리 깊게 생각하는지 모르겠군."

바율의 의문이 얼굴에 고스란히 드러났는지 마황이 말했다.

"마족은 말이지, 센 놈이 있으면 그 밑의 놈은 자연스럽게 가려지게 되어 있어. 네가 바르나 아몬, 아고스와 이렇다 할 친화력이 생기지 않는 게 바로 그런 까닭에서지."

"그 말씀은…… 제가 다른 마족분들과의 관계가 아무리 돈독해도, 데스가 그들보다 더 강하기 때문에 그분들과는 친화력이 생기지 않는다는 건가요?"

"맞아."

"그럼 크리스 씨의 능력은 제게 왜 생긴 거죠? 마계에선 데스가 가장 강한 마족이라고 알고 있는데요."

"…너, 그런 구라를 치고 다닌 거냐?"

크루델리스가 기가 찬다는 듯 데스를 노려보았다.

"내 입으로 직접 그런 말을 하지는 않았지만, 거짓은 아닐 텐데?"

"오랜만에 이 형을 도발하는 거냐?"

"당장 붙어 볼까?"

데스의 가려진 앞머리 사이로 불길한 붉은빛이 일렁거렸다. 마황의 은백색 눈동자 역시 서릿발 같은 기운을 뿜어내고 있었다.

'내가 미쳤지. 괜한 말을 해서는.'

바율은 스스로를 욕했다. 이 말도 안 되는 상황을 이해해 보고자 노력한 결과가 형제의 싸움으로 번지기 직전이었다.

"…아무래도 워낙에 대단하신 두 분이니 제가 가리지 않고 영향을 받은 것 같네요! 저한테 새로운 능력이 너무 많이 생겨서 헷갈릴 지경입니다. 근데 크리스 씨와는 왜 이렇게 빨리 친화력이 생긴 걸까요?"

어떻게든 화제를 돌리기 위해 바율은 생각나는 대로 마구 뱉어 냈다. 그러자 하늘의 도우심인지 팽팽하던 긴장감이 일시에 사라졌다.

"그걸 몰라서 묻는 건가?"

"네?"

"너에 대한 나의 애정을 너무 가볍게 여기는 것 같군."

마황의 뚫어질 듯한 시선에 바율은 잠시 멍멍해졌다. 아주 찰나지만 그가 상처라도 받은 것 같아서 마음이 불편했다.

"…정확하게는 제가 아니라 전대 물의 정령왕이셨던 다프네그란데 님이시겠죠."

바율은 어색함을 탈피하고자 서둘러 정정했다. 다행스럽게도 그는 바로 고개를 끄덕였다. 그녀를 떠올리는 것만으로도 기분이 좋아지는 듯, 냉혹한 얼굴에 일순 따스함이 서렸다.

"바율!"

템페스타의 비명과도 같은 외침이 들린 것은 그때였다. 멈춰 버린 사람들 틈을 날아다니며 신기하다는 듯 구경하고 있던 녀석이 소리침과 동시에 멈췄던 시간이 다시 재생되었다.

"도련님, 뒤로 물러나십시오!"

마황의 말처럼 그들은 시간이 정지했었다는 사실을 전혀 인지하지 못했다. 이언이 말에서 뛰어내리며 번개 같은 속도로 거침없이 돌진했다. 그런 그의 손에는 어느덧 시퍼런 검이 들려 있었다.

쑤아앙!

쏟아지던 화살 비는 템페스타의 바람에 의해 허무하리만치 가볍게 휩쓸려 바닥으로 뚝 떨어졌다.

바율은 굳이 나설 필요도 없었다. 수십 명의 사내가 이언 하나를 당해 내지 못하고 있었기 때문이다.

그들이 아무리 싸움에 익숙하다 할지라도, 그저 자기 몸을 지킬 줄 아는 민간인일 뿐이었다.

반면 이언은 기사였다. 그것도 '제국의 수호신'이라 불리는 만월 기사단에서 란데르트 공작 다음으로 강한 사내다. 애초에 상대가 될 턱이 없었다.

아군에게 피해가 갈 것을 염두에 둔 듯, 화살은 더 이상 날아오지 않았다. 석벽 너머로 이곳을 보며 걱정스러운 눈빛을 발하는 여인들의 모습이 간간이 비쳤다. 그녀들의 손에는 하나같이 석궁이 들려 있었다.

"후아."

바율은 말에 올라탄 채로 머릿속을 정리해 보았다. 자신은 토착민들을 설득하려고 온 영주였다.

그들에게는 전혀 달갑지 않은 존재.

그게 바로 자신이었다.

하지만 그렇다 하더라도, 이런 식으로 무턱대고 공격부터 하는 것은 어딘가 억지스러웠다. 뭔가 다른 이유가 분명 있을 것이다.

'일단 오해부터 풀어야겠어.'

바율은 토착민들에게 위압감을 주지 않기 위해서 우선 말에서 내려왔다. 그사이 벌써 상황은 정리되었다.

사내들은 신음을 토하며 죄다 바닥에 무릎을 꿇고 있거

나 쓰러진 상태였다. 그런 그들의 옆으로 망치와 도끼, 곡
괭이 등이 아무렇게나 겹쳐 쌓여 있었다. 가까이에 가서 보
니 단단한 바위도 손쉽게 쩍 쪼개 버릴 것만 같은 무기들이
었다.

"네놈들이 방금 무슨 짓을 벌였는지 아느냐!"

이언이 사내들을 향해 일갈했다.

"란데르트 백작님께 감히 쇠붙이를 드밀다니! 단체로 죽
고 싶어 환장이라도 했나 보구나!"

여러 가지를 종합해 보았을 때, 위험한 상황은 절대 아니
었다. 다만 이언이 화가 난 건 상대가 누군지도 알지 못한
채, 불시에 공격부터 해 댄 이들의 무례함에 분노하는 것이
었다.

"지, 지금 란데르트 백작이라 하였소?"

"그, 뭐라더라…… 정령 어쩌고로 황도에 비를 내렸다는
그분 말이오?"

"그, 그러면 란데르트 공작 전하의 아드님이 여길 오신
거요?"

무기를 잃고 좌절해 있던 사내들이 이언의 질책에 아연
하며 믿을 수 없다는 듯한 표정을 지었다.

"그럼 우리가 누구라고 생각한 거냐? 란데르트 백작님이
랑트의 영주가 되신 사실을 여태 몰랐던 게냐?"

"여, 영주요?"

"란데르트 백작님께서 이곳의 영주가 되신 겁니까?"

어째 반응들이 전부 처음 듣는 모습들이었다.

이언은 한숨이 새어 나왔다.

"몰랐다 해도 너희의 죄는 용서할 수 없다! 다짜고짜 사람을 해치려 하다니, 그 죄를 물음이 마땅하다!"

"소인들은 억울합니다! 노예 사냥꾼으로 오해하고 그리한 것이니 제발 용서해 주십시오!"

"맞습니다! 저희는 그저 가족들을 지키려 했을 뿐입니다!"

"부디 자비를 베풀어 주십시오!"

수십 명의 사내가 이언 한 명에게 제압당했다. 그 압도적인 무력에 전의를 상실한 마당에 '란데르트'라는 단어까지 나왔으니, 납작 엎드리는 수밖에는 방법이 없었다.

랑트가 아무리 구석에 처박혀 있다 해도 제국에서 란데르트 공작을 모를 수는 없기 때문이다. 일행의 정체를 알고는 공황 상태에 빠진 이들도 있었다.

"우리를 노예 사냥꾼으로 착각했다고요?"

생각지도 못한 이야기에 바율의 두 눈이 커졌다. 언젠가 책에서만 본 적 있는 이들이 아직도 실재한다는 게 놀라웠다. 가국을 통해 이 땅 어딘가에는 아직도 노예 제도가 남아 있다는 걸 알았지만, 그래도 노예 사냥꾼이라는 존재에 대한 이야기는 생소했다.

"예, 예! 진심으로 송구하게 생각합니다! 저자의 분위기가 그들과 너무 비슷해서 저희도 모르게 그만⋯⋯."

사내의 눈이 향하는 곳에는 온몸을 검은색으로 도배한 데스가 있었다. 그의 얼굴은 무표정했고, 그 주변으로는 음험하면서도 사악한 기운이 느껴질 정도였다.

마족이니만큼 그런 분위기를 뿜어내는 게 당연하다면 당연했지만, 어쨌든 사내의 말대로라면 이 모든 사태가 데스를 보고 오인해서 벌어진 일이었다.

"감히 나를 누구와 착각을 해?!"

그러잖아도 마황과의 다툼으로 짜증이 난 마당에, 모든 시선이 자신에게로 쏠리자 데스가 버럭 소리쳤다.

"그렇게 진작 나처럼 외모에 신경 좀 쓰지 그랬냐."

"오늘 내가 기필코 명줄을 끊어 주지."

데스에게서 인내라는 고리가 싹둑 잘려 나갔다. 그가 그대로 뛰어올라 마황에게로 달려들었다.

Chapter 8.
전장의 붉은 귀신

1.

"이들이 맞습니까?"

토착민들과 접전이 있은 지 채 한 시간도 지나지 않아서였다. 사내 넷이 템페스타에 의해 잡혀 왔다.

"우웩!"

"사, 살려 주십시오!"

템페스타 녀석이 뭘 어떻게 했는지(짐작은 가지만), 끌려온 사내들은 바율이 뭔가를 묻기도 전에 손이 발이 되도록 빌어 댔다. 그러는 도중 중간중간 위장에 있는 것들을 계속 게워 내기도 했다.

"더러워 죽겠군."

데스와 거하게 한판을 뜨고 온 마황은 갑자기 현실감이 픽 사라지는 느낌이었다.

"내가 여기서 인간이 토악질을 하는 것 따위를 보고 있다는 게 믿기지가 않아."

"지금 당장 돌아간다고 해도 아무도 잡을 사람 없어. 원한다면 배웅 정도는 해 주지."

"내 아우가 언제 이렇게 배려심이 깊어졌지? 형도 챙겨 줄 줄 알고, 철들었네."

'형' 소리에 눈썹을 꿈틀대는 데스를 귀엽다는 듯 바라본 크루델리스는 하얀 이를 드러내며 씨익 웃었다.

"그 입 찢어 버리기 전에 다무는 게 좋을 거야."

"네가 그러라고 하면야."

마황이 고분고분 입을 닫았지만 데스의 기분은 전혀 나아지지 않았다.

"장님 되기 싫으면 그 허연 눈깔도 치워."

"녀석, 말버릇하고는."

마계의 대신들이 함께 있었다면 분명 불경이 어쩌고저쩌고 들먹이며 한 소리 떠들어 댔을 것이다. 물론 데스의 눈빛에 바로 깨갱 했을 테지만.

"그래도 오랜만에 몸을 좀 풀었더니 개운하군. 옛날 생각도 나고 말이야. 앞으로도 종종 오늘처럼 대들어 주려무나."

"하루라도 빨리 죽는 게 소원이라면 기꺼이 그래 주지."

그나마 일말의 이성이라는 게 남아 있어 진체를 드러내지는 않았다. 다음이 있다면, 그땐 꼭 마황의 모가지를 비틀고 말겠다며 데스가 살의를 내보였다.

익숙하다면 익숙하달 수 있는 그 모습에 마황은 그저 어깨를 으쓱이며 피식거렸다.

"하나같이 검은 옷을 입고 있군요."

같은 시각. 데스 못지않게 살기를 뿜어내는 이가 있었으니, 바로 이언이었다. 노예 사냥꾼들을 노려보는 이언의 눈에는 독기마저 어려 있었다. 그는 바율의 명만 떨어진다면 언제든 놈들의 머리통을 벨 준비가 되어 있었다.

"맞습니다, 백작님! 저, 저 쳐 죽일 것들이 마을의 어린 아이와 여인들을 쇠사슬로 묶고는 짐승처럼 끌고 갔습니다!"

마을의 촌장이라 자신을 소개했던 사내가 울분에 차서는 소리쳤다. 추격대까지 꾸려서 놈들을 쫓았지만, 그들의 빠른 말을 도무지 쫓을 수가 없었다. 놈들은 그런 자신들을 비웃기라도 하듯 도리어 당당하게 난입해 약탈을 일삼았다.

고작 넷뿐이었지만, 그들은 너무 강했다. 놈들이 한 짓거리만 아니라면 만월 기사단이라고 했어도 믿었을 것이다.

매번 두려움에 떨며 투쟁을 벌여야만 했던 상대가 살려 달라고 애원하고 있는 작금의 상황이 그는 새삼 믿기지가 않았다.

"도와주셔서 정말로 감사합니다!"

"이놈들을 이렇게 손쉽게 정리해 주시다니…… 참으로 감사드립니다!"

노예 사냥꾼들에게 침을 뱉으며 욕설을 해 대던 마을 주민들이 바율을 향해 연신 허리를 숙이며 감사를 표했다.

"덕분에 아이들도, 여인들도 전부 무사히 돌아왔습니다! 이 은혜를 대체 어찌 갚아야 할지 모르겠습니다!"

"귀하신 분을 몰라뵙고 무례를 범한 죄, 크게 벌하여 주십시오!"

"소인들은 란데르트 백작님을 위해, 아니 영주님을 위해 무엇이든 할 각오가 되어 있습니다!"

템페스타가 데려온 이는 노예 사냥꾼들만이 아니었다. 놈들에게 잡혀갔던 사람들까지 몽땅 찾아온 것이다.

다시는 못 볼 줄 알았던 가족이 돌아오자 마을은 잠시 눈물바다가 되었고, 정신을 차린 이후로는 바율을 기꺼이 영주라 칭하며 너 나 할 것 없이 충성을 맹세하고 있었다.

"이런 일들이 자주 있었습니까?"

바율은 심각한 얼굴로 물었다.

폴스카 제국에서 노예를 사고파는 행위는 엄연히 불법이었다. 노예제는 벌써 오래전에 사라졌기 때문이다.

하나 모든 사람들이 합법적으로 살아간다면, 애당초 법자체가 필요 없을 터. 그건 그야말로 '이상'이었다.

"저놈들은 악질 중에서도 아주 악질입니다! 저희 마을뿐 아니라, 랑트 곳곳에서 수차례 어린아이와 여인들을 잡아갔습니다!"

"당장 놈들을 처단하여 주십시오!"

분노한 토착민들이 너도나도 외쳐 댔다.

"놈들 딴에는 머리를 쓴 겁니다. 일부러 이런 외진 곳을 노린 것이지요."

이언이 경멸 어린 어조로 설명했다.

"노예를 거래하다 걸리면 종신형이나 사형에 처해집니다. 그만큼 제국에서 엄격하게 금지하고 있는 위법 행위이지요. 그런데도 노예 사냥꾼이 계속 생겨나는 건, 빠르고 쉽게 큰돈을 벌 수 있기 때문입니다."

"저도 그에 관해 들었습니다. 특히 어리고 예쁜 소녀들이 매우 비싸게 팔린다지요?"

그 말을 하는 바율의 미간이 좁아졌다. 인간이 인간에게 가격을 매긴다는 행위 자체가 역겹게 느껴졌다.

"도련님도 알고 계신다니, 그나마 말씀드리기가 더 낫겠군요. 불법으로 거래된 노예들은 거의 성노가 됩니다. 평생을 사슬에 묶인 채 변태 성욕자들의 노리개로 살아가지요. 평범한 누군가의 누이, 혹은 딸이었을 그들이 말입니다. 입에 담기에도 구역질이 납니다."

노예 사냥꾼들은 이제 어느 정도 정신을 차린 상태였다. 감히 고개도 들지 못한 채 몸을 바들바들 떨고 있는 모습들이 가증스럽기 그지없었다.

"도시가 아니라 이런 후미진 곳에서 살아가는 사람들은, 상대적으로 정보력이 뒤처질 수밖에 없습니다. 가진 것도 얼마 없고, 사람 간의 치열함에 때 타지 않았으니 순박한 이들이 대부분이지요."

"…위험 부담이 적다는 말씀을 하시려는 겁니까?"

"맞습니다, 도련님. 이들은 가족을 잃어도 항의할 곳조차 없습니다. 이곳을 다스리는 영주가 없는데 어디에 가서 따지겠습니까?"

이언이 이를 한번 꽉 깨물고는 계속 말했다.

"물론 정보 길드나 용병 등을 고용해서 노예 사냥꾼들을 추적할 수는 있겠죠. 그러나 그에 들어가는 비용을 감당할 수 있는 자들이라면 애초에 이런 곳에 살지도 않았을 겁니다."

"노예 거래는 어디서, 어떻게 이뤄지나요?"

잠시 생각에 잠겨 있던 바율이 고저 없는 음색으로 물었다. 이언이 돌아보자 그가 생각하는 바가 맞는다는 듯 바율이 고개를 끄덕였다.

"몰랐다면 모를까, 알고서도 가만히 있을 순 없습니다."

바율은 이제 엄연한 랑트의 영주였다. 그런 그에겐 그의 영지민들을 보호해야 할 책임이 있었다. 다시는 오늘과 같은 일을 마주하지 않기 위해서라도 싹을 완전히 잘라 내야 했다.

"노예 시장은 공작 전하께서도 없애기 위해 큰 노력을 기울이시는 분야입니다. 하지만 워낙에 점조직으로 비밀스럽게 운영되다 보니 말살하기가 어려운 곳이죠. 거래되는 장소 역시 매번 바뀌어서 완전한 소탕은 힘드실 겁니다."

"저도 처음부터 그렇게까지 완벽한 걸 바라는 건 아닙니다. 단지 우선은 여기 이곳, 랑트에서만이라도 다시는 그런 일이 반복되지 않게 할 것입니다."

바율의 무심한 듯 날카로운 시선이 노예 사냥꾼들에게로 쏘아졌다.

평소 순한 인상의 소유자인 바율이지만, 지금만큼은 흡사 먹이를 노리는 맹수의 눈빛과도 같았다. 그의 친구들이 보았다면 바율이 아닌 것 같다며 의심하고도 남을 만했다.

"어디냐?"

바율의 결심에 이언이 노예 사냥꾼들에게 다가가 목에 검을 겨누었다.

"답이 없을 때마다 한 놈씩 목을 치겠다."

자비라고는 조금도 느껴지지 않는 말투였다. 허투루 하는 말이 아니라는 것쯤은 누구라도 알 수 있었다.

하지만 노예 사냥꾼들은 망설였다. 이러나저러나 죽는 것은 매한가지일 텐데, 괜한 입을 놀렸다가 자신들의 가족에게까지 피해가 가지는 않을지 걱정이 된 탓이다.

"도련님, 고개를 돌려 주십시오."

이언의 검이 잔인하게 획을 그었다.

"끄아악!"

한 사내가 괴성을 내지르며 그대로 고꾸라졌다. 그의 목에서 붉은 피가 꿀럭꿀럭 흘러나와 바닥을 더럽혔다. 거북한 피 냄새가 바로 코를 찔렀다.

"으아아!"

"자, 잘못했습니다!"

"부디 목숨만 살려 주십시오!"

세 사내가 약속이라도 한 듯 납작 몸을 엎드렸다. 그들은 노예 사냥꾼으로 살면서 그간 숱한 생명을 앗은 경험이 있었다.

그런 그들이 보기에 이언은 단칼에 목숨을 거둘 수 있었으면서도 일부러 그러지 않았다. 고통을 주기 위해서였다. 꿈틀거리며 괴로워하는 그들의 동료는 아마 이대로 서너 시간은 지나야만 완전히 목숨이 끊어질 것이다. 상상조차 할 수 없을 만큼의 끔찍한 통증과 함께.

상대의 잔혹함에 감히 다른 생각을 가질 수가 없었다. 윗니와 아랫니가 딱딱 부딪칠 정도로 덜덜덜 몸이 떨렸다. 죽어가는 동료의 신음이 마치 지옥에서 들려오는 자장가 같았다.

"의외로 꽤 단호한 면이 있었네?"

바율은 물론, 데스와 마황까지 적지 않게 놀랐다. 그도 그럴 것이, 이언은 늘 손속에 사정을 두었다. 지금이야 당연히 죽어 마땅한 자들이라 생각하긴 했지만, 이렇듯 한 치의 머뭇거림도 없이 검을 휘두를 줄은 몰랐다.

그러나 이언을 제대로 아는 자들이라면 이해하고도 남을 법한 상황이었다.

과거 '전장의 붉은 귀신'이라 불리며 전쟁터를 누볐던 이언은 약자에게는 한없이 관대하나, 노예 사냥꾼과 같은 인간 이하의 자들에겐 란데르트 공작도 혀를 내두를 만큼 무자비했다.

기실 지금 이 자리에 바율이 없었더라면 더욱 참혹했을지도 모른다.

"어디냐고 물었다."

이언의 얼굴에는 어떤 표정의 변화도 없었다. 그가 다음 사내에게로 저벅저벅 걸어갔다.

"그, 금번 시장은 도, 도르하라고 알고 있습니다."

"도르하?"

"예! 예! 사흘 후에 그곳으로 노예들을 데려오라고 했으니, 틀림없을 겁니다!"

쇄액!

이언의 검이 다시 한번 허공을 갈랐다. 열렬히 답을 하던 사내가 꺽꺽거리며 나자빠졌다.

"사, 살려 주신다고 하지 않았습니까!"

남은 두 사내 중 하나가 원망이 담긴 음성으로 외치자 이언의 검이 또다시 날아갔다.

"난 그런 약속을 한 적 없다. 그저 대답하지 않으면 목을 치겠다고 했지. 선량한 이들을 감히 노예라 지칭했으니 죽어 마땅하다."

이제 노예 사냥꾼 중 남은 자는 단 한 명이었다. 이언의 차가운 눈길이 그에게로 향하자 사내가 오열하며 살려 달라고 부르짖었다. 오줌을 지렸는지 바지 사이가 젖어 들고 있었다.

"네놈의 목숨을 어찌할지는 도르하에 가서 결정하겠다."

정말 그곳에서 노예 시장이 열린다면 살 것이고, 그렇지 않으면 죽을 거라는 뜻이었다.

"이언 경, 도르하라면 캐링스턴으로 가는 길에 있는 곳 맞죠?"

"네, 도련님."

한 번도 가 본 적은 없는, 기차로만 지나 본 도시였다.

"출발을 하루 앞당겨야겠네요."

아카데미로 복귀하기 전에 처리해야 할 일이 하나 더 늘었다. 사흘 후에 마침 시장이 열린다고 하니 때도 딱 적당했다.

"안 그래도 시간이 부족한데 서둘러야겠습니다."

바율은 무거운 마음을 애써 내리누르며 토착민들에게로 몸을 돌렸다. 검에서 피를 털어 내는 이언을 두려운 눈빛으로 바라보던 주민들이 어깨를 움찔하며 재빨리 고개를 조아렸다.

"조금 전, 뭐든 하시겠다고 말씀하셨죠?"

"무, 물론이지요. 뭐든 분부만 내려 주십시오."

애써 내색하지 않으려 했지만, 그들은 공포로 인해 떨고 있었다. 바로 눈앞에서 사람을 셋이나 베는 걸 보았으니 놀라지 않았다면 그게 더 이상한 일일 것이다.

마을 주민들에게 당신들은 앞으로 안전할 거라고, 무서

위할 필요가 전혀 없다고 말하려던 바율은 그냥 입을 다물었다.

말로 설명하기보다는 저절로 깨우치는 편이 나을 거란 판단에서였다. 지금은 이들에게 본래의 방문 목적을 전달하는 것이 우선이었다.

바율은 차분하게 이야기를 시작했다.

Chapter 9.
도르하

1.

장시간 비어 있던 공간은 사대 정령의 도움을 통해 놀라우리만치 완벽하게 협곡 도시로 탈바꿈했다.

인간의 손길이 필요한 자질구레한 곳은 사다드가 꼼꼼하게 검수하며 진행하고 있었고, 바율에게 설득당한 토착민들은 흔쾌히 돌공예품을 만드는 데 협조했다.

사실 그들로서는 전혀 아쉬울 게 없는 제안이었다. 바율은 상품에 정당한 가격을 지불할 것은 물론, 향후 2년간은 조세를 걷지 않겠다고도 약속했다.

토착민들이 도시에 자리를 잡을 때까지 기다려 주겠다는 의미였다.

뿐인가.

그들은 누구라도 책정가의 절반 가격으로 아무 때나 호텔과 온천을 이용할 수가 있었다. 이른바 랑트 영지민 우대 할인이었다.

협곡 도시를 둘러본 토착민들은 바율의 배려에 과분하다며 몸 둘 바를 몰라 했다. 척박한 땅에서 힘겹게 살아가던 그들로서는 하루아침에 이런 변화가 생겼다는 것이 어리둥절한 한편 감격스러웠다.

그들은 바율을 전혀 의심하지 않았다.

새로이 부임한 영주님은 나이는 어리지만, 황제 폐하께 직접 작위를 하사받은 제국의 위대한 정령사였다. 동시에 무려 이 시대의 살아 있는 전설이라 불리는 란데르트 공작의 아들이기도 했다.

놀랍도록 변신한 협곡 도시는 그저 순박하게만 살아가던 이들에게 새로운 기대를 심어 주었다.

이런 멋진 도시에서 살게 된다면 더 이상 노예 사냥꾼들을 무서워하지 않아도 될 것이며, 겨우내 식량 걱정 또한 하지 않아도 될 터였다.

협곡 도시는 토착민들에게 단순히 더 나은 환경뿐이 아니라, 가족과 함께 안전하고 행복한 삶을 살 수 있으리란 희망을 안겨 주었다.

"아버지, 그럼 다녀오겠습니다."

바율은 해밀턴이 아닌 랑트에서 바로 란데르트 공작과 작별 인사를 했다.

"완전히 마무리 짓고 가지 못해서 죄송합니다."

"녀석, 또 그 소리냐?"

"안 그래도 바쁘신데, 거기에 랑트의 일까지 보태 드리게 돼서요."

"생각을 조금 달리해 보거라."

"예?"

"네 덕분에 해밀턴으로 모여드는 이주민들이 거주할 수 있는 터전이 생겼다. 바율 네가 아비의 큰 걱정을 덜어 주었거늘, 왜 당사자인 너만 모르는 것이냐?"

"하지만…… 애초에 이주민이 몰려든 것 자체가……."

"네 탓이라고?"

바율이 우물쭈물 답을 못하자 란데르트 공작이 갸륵하다는 듯 미소 지으며 아들의 머리를 쓰다듬었다.

"네가 황도에 비를 내리고 정령사라는 것이 밝혀졌을 때, 사실 그때부터 준비를 했어야 했다. 이번 일은 네 잘못이 아니라, 상황이 이리될 걸 예측하지 못했던 나의 실수다."

"그건 좀…… 억지 같습니다. 아버지께 아몬처럼 예지력이 있는 것도 아닌데, 어떻게 모든 일을 전부 짐작하실 수 있었겠어요."

"맞습니다, 도련님. 그런 건 수행 기사인 제가 예상하고 대비했어야 합니다."

갑작스레 사다드가 부자 사이에 끼어들었다.

"그러니 모든 게 저의 불찰이자 책임입니다."

내뱉는 말과 달리 사다드의 표정은 조금도 자책하는 느낌이 아니었다.

"그게 책임을 통감하는 얼굴인가?"

공작의 가느다란 시선에 사다드가 태연하게 변명했다.

"제가 원래 낯짝이 좀 두껍습니다. 공작 전하께서 누구보다 잘 아시지 않습니까."

"자네의 뻔뻔한 모습이야 질리도록 보긴 했지."

"기왕 이렇게 된 거, 뻔뻔한 제가 한 말씀 더 올리겠습니다."

사다드가 굳이 충언(?)하겠다고 하자, 공작의 눈초리가 삐뚜름해졌다.

"이제 그만 도련님을 놔주시겠습니까? 벌써 한 시간이나 출발이 지체되고 있습니다. 도련님과 헤어지고 싶지 않은 공작 전하의 심정을 충분히 이해는 하오나, 밖에서 대기 중인 수하들도 생각 좀 해 주십시오. 계속 이러다간 기차 시간도 놓치겠습니다."

"…시간이 벌써 그리되었나?"

란데르트 공작은 진심으로 깜짝 놀랐다. 바율과 몇 마디 주고받지도 않았건만, 무정한 시간이 야속하게 느껴졌다.

"다들 기다린다고 하니 이젠 슬슬 가 봐야겠구나."

"네, 아버지."

바율도 공작만큼이나 헤어짐을 아쉬워하고 있었다.

"이렇게 가면 겨울 방학에나 다시 볼 수 있겠지?"

바율을 조금이라도 더 담기 위해서인지, 공작의 눈길이 아들의 얼굴을 살피고 또 살피었다.

"그게…… 그 전에 뵐 수도 있을 것 같긴 한데……."

"……?"

"아버지께서 바쁘지만 않으시다면 말입니다."

그렇게 말하며 바율은 머쓱한 듯 뒷머리를 긁적였다. 이제껏 살면서 바쁘지 않은 아버지의 모습을 본 적이 없었기 때문이다. 지금은 자신답지 않게 다분히 충동적이었다.

"혹 가을 축제를 말하는 것이냐?"

"역시 힘드시겠죠?"

바율은 굳이 오시지 않아도 괜찮다고 덧붙이려고 했다. 그러나 란데르트 공작이 조금 더 빨랐다.

"올해는 꼭 초대장을 받고 싶구나. 이제야 하는 말이지만, 작년에 받지 못해서 조금은 섭섭했다."

"…그러셨어요?"

예상치 못한 말에 눈을 휘둥그레 뜨는 바율에게 공작이 거듭 말했다.

"이번에는 잊지 않길 바란다."

"네, 아버지."

"그래. 그럼 조심히 가거라."

바율은 바로 캐링스턴으로 가는 것이 아니었다. 도르하에 들러 노예 사냥꾼과 관련된 문제를 해결해야 했다.

과거의 란데르트 공작이었다면 여러 가지 걱정으로 속이 타들어 갔겠지만, 지금은 이미 상급 정령의 위력을 적나라하게 체감한 후였다.

부모로서는 걱정이 되어도, 한 영지의 영주이자 나라의 신하로서는 크게 염려할 필요가 없음을 이제는 인정하고 받아들였다.

바율은 그의 생각보다 훨씬 더 대단하고 강한 녀석이었다. 그래서 도르하로 간다는 것도 굳이 막지 않았다.

바율이라면, 자신의 아들이라면 이번 일도 잘 해결하리라는 믿음이 있었다.

"그럼 아버지, 캐링스턴에서 뵙겠습니다. 그때까지 부디 건강하세요."

그렇게 바율은 도르하를 향해 발걸음을 옮겼다.

"아이고, 남들이 보면 도련님께서 어디 머나먼 전쟁터로 떠나시는 줄 알겠습니다. 뭘 그리 애틋하게 보십니까?"

공작은 망부석이라도 된 듯, 만월 기사단의 호위를 받으며 떠나는 바율의 뒷모습에서 한참이나 눈을 떼지 못했다. 그에 사다드가 농을 던지자 공작이 그를 슬쩍 흘겨보고는 말없이 돌아섰다.

"에? 방금 제게 뭐라고 말씀하시려다 마신 거 맞죠? 입술이 달싹거리신 게, 분명 뭔가 하실 말씀이 있었던 것 같은데요."

사다드가 공작의 뒤에 바짝 붙어서 걸으며 채근했다.

"저 궁금한 것 못 참는 성미인 거 잘 아시지 않습니까. 말씀해 주세요. 뭐라고 하시려던 겁니까?"

"그렇게 듣고 싶나?"

"예!"

격렬하게 고개를 끄덕이는 사다드에게 공작이 한 말은 별거 아니었다.

"너도 자식 낳아 봐."

"예?"

"연애도 제대로 한번 못 해 본 자네한테 할 소리는 아닌 것 같다만."

란데르트 공작은 작게 혀를 차며 호텔로 쓱 들어갔다. 그의 방은 호텔에서도 가장 꼭대기 층으로, 전망이 최고로 좋은 곳이었다. 바율이 아버지를 위해 특별히 마련한 선물이었다.

2.

덜커덩. 덜커덩.

바율은 해밀턴에 도착하자마자 본성이 아닌 기차역으로 직행했다. 그곳에서 기다리고 있던 리타와 바르, 아몬, 아고스와 합류해 바로 기차에 올랐다.

재스퍼와 제대로 인사도 못 한 게 걸리긴 했지만, 녀석과의 시간은 앞으로도 많이 있었다. 지금은 당장 해결이 시급한 노예 문제에 집중을 할 때였다.

"이언 경, 도르하는 어떤 도시입니까? 누구의 영지죠?"

"도르하는 캐링스턴에 비하면 작은 도시지만, 상당히 부유한 곳입니다. 광활한 포도밭과 수십 개의 와이너리를 보유하고 있지요. 보스트리지 남작령에 속합니다."

"보스트리지 남작이요?"

"네, 아시는 분입니까?"

바율의 표정 변화를 이언은 기민하게 알아차렸다.

"아니요. 그분을 아는 건 아니고, 보스트리지 남작님의 따님이 제 친구입니다."

"아, 그리고 보니 그때 황궁에 사절단으로 함께 갔던 라나사라는 학생의 성이 보스트리지였죠?"

"네, 맞아요. 그걸 기억하시네요."

"도련님을 수행하는 것이 제 일이니까요. 보스트리지 남작의 영애와 친하신 줄은 몰랐습니다."

이언은 붉어진 얼굴로 헤이즈와 대화를 나누던 라나사의 모습이 불현듯 생각났다. 노력을 게을리하지 않는다면 헤이즈만큼이나 멋진 기사로 성장할 거라는 예감이 드는 아이였다.

"별로 친한 건 아니에요. 오히려…… 저를 좀 싫어하는 것 같더라고요."

"도련님을 싫어한다고요? 아니, 대체 누가요!"

데스와 바르의 성화에 못 이겨서 식당 칸에 다녀오던 길이었다. 리타가 방금 자신이 들은 얘기를 도무지 믿지 못하겠다는 듯 꽥 소리를 질렀다.

"어떻게 도련님을 싫어할 수가 있대요? 허 참, 기가 막혀서!"

"리타, 사람이라면 누구에게나 호불호가 있는 거야. 날 좋아하는 사람이 있듯이, 싫어하는 사람도 당연히 있을 수 있어."

"그래도 도련님은 도련님이시잖아요!"

리타에게 바율이란 이 세상에서 제일 존귀하고 자상하며 마음까지 따듯한, 그야말로 완벽한 존재였다. 리타에겐 바율이 전부였고, 세계의 중심이었다.

오죽하면 바율보다 하루만 딱 더 사는 게 리타의 소원일 정도였다. 죽는 날까지 바율을 편하게 모시는 것만이 그녀 삶의 목표였기에.

그런 만큼 리타의 사고 회로에는 바율을 싫어한다거나 미워할 수 있는 사람이란 있을 수가 없었다. 만에 하나라도 그런 일이 벌어진다면 그건 무조건 상대가 나쁜 거였다.

"도련님을 싫어하는 사람이라면 분명 벌 받을 거예요!"

리타가 씩씩거리며 퍽 소리가 날 정도로 거칠게 자리에 앉았다.

저럴 때 보면 말이 아예 안 통한다니까.

바율은 그저 피식 웃으며 이언과 대화를 이어 나갔다.

"다행이군. 난 바율 군이 몹시도 마음에 드니까."

"뭐라고요?"

불쑥 끼어드는 느끼한 말씨에 리타의 고개가 팩 돌아갔다. 그녀의 샐쭉한 시선이 향한 곳에는 마황이 좌석을 두 개나 차지한 채 느긋하게 기대앉아 있었다.

"네가 바율을 아끼듯이 나도 바율을 많이 아끼고 있다는 뜻이다. 아니, 어쩌면 내가 더할지도 모르겠군."

"하얀 아저씨, 뭐가 어째요?"

바율에 대한 애정은 스스로가 최고라고 자부하며 살아온 리타였다. 그녀보다 바율을 더 아낄 수 있는 사람이 있다면 그건 오로지 영주님뿐이라고 생각했다.

그런데 고작 며칠 전에 나타난 이 덜떨어진 아저씨가 뭐라는 것인가?

다시 만나자마자 소원이 있으면 냉혹의 신전에 가서 빌어라, 거기가 그렇게 소원을 잘 들어준다고 하더라, 뭐든 말만 하면 들어줄 거다, 하고 쓸데없는 말만 늘어놓더니, 이제는 자기가 도련님을 더 아낀다며 헛소리까지 하고 있었다.

그러잖아도 더운 날씨 때문에 짜증 나 죽겠는데, 뜨거운 물까지 뒤집어쓴 기분이었다.

"내가 바율을 어느 정도로 생각하느냐면 말이지."

맞은편의 수하들이 더는 말하지 말라며 필사적으로 눈짓을 보냈지만, 불행하게도 마황에게는 눈치라는 게 없었다. 살면서 그런 걸 한 번도 봐 본 적이 없기 때문이었다.

그는 지금 오직 리타에게 잘 보여서 랑트에 냉혹의 신전을 짓고 말겠다는 야욕만으로 똘똘 뭉쳐 있었다.

리타는 누군가 바율을 싫어한다는 것만으로도 분을 숨기지 못하는 열정파였다. 그렇다면 자신이 얼마나 바율에게 호감을 갖고 있는지 얘기하면 될 것이다. 그런 마음은 실로 진짜였기에 더욱 자신감 넘치는 마황이었다.

리타의 표정이 점점 더 분노로 점철되어 가는 것을 아는지 모르는지, 바율에 대한 마황의 찬사는 한동안 쭉 지속되었다. 물론 사이사이 냉혹의 신전에 대한 홍보도 잊지 않았다.

3.

"아니, 대체 왜 저래?"

도르하에 도착한 순간 리타의 분노가 터졌다. 짜증스럽긴 해도 어쨌든 대부분이 바율에 대한 좋은 말들이었기에 꾹꾹 참고 있었건만, 마지막 대화가 결정타였다.

"바율이 부탁만 하면, 난 이 도시를 쓸어버릴 수도 있어."

"뭐, 뭐라고요? 뭘 해요?"

"지금 노예 장사꾼들 잡으러 가는 거잖아. 내가

그냥 이참에 싹 다 죽여 버릴까? 그럼 다시는 바율에게 귀찮은 일이 안 생길 것 같은데."

"아프신 분이라기에 이상한 소릴 해도 웬만하면 그냥 참고 넘어가려고 했는데. 진짜 안 되겠네. 우리 도련님이 하얀 아저씨한테 그런 부탁을 왜 해요! 도시를 쓸어버리겠다니! 게다가 아무리 나쁜 사람들이어도 그렇지. 어쩜 그렇게 죽인다는 말을 쉽게 해요?"

"지금 내게 성내는 건가? 왜지? 설마 내 능력을 못 믿겠어서?"

"믿고 못 믿고가 중요한가요? 도련님이 무슨 살인자냐고요! 아무리 덜떨어졌다지만, 개인 교사라는 분이 진짜 어이없네요!"

"이봐, 난 진심이라고."

"아, 그러세요? 저도 그럼 진심 한번 보여 드려요?"

"……?"

"앞으로 오늘처럼 헛소리하실 때마다 밥 없는 줄 아세요!"

"…뭐?"

"좋네요. 이참에 식비도 줄일 수 있고!"

마황은 당최 영문을 알 수가 없었다. 암만 대화를 곱씹어 봐도 자신이 뭘 잘못했는지 모르겠다.

"바율이 할 일을 대신 해 주겠다는데, 고마워하지는 못할망정 왜 갑자기 화를 내지? 도시가 아니라 나라를 쓸어 버리겠다고 말해야 했나?"

어느새 리타는 바율 곁에 쪼르르 달려가 무언가 재잘재잘 이야기하고 있었다. 저런 걸 보면 별일은 아닌 것 같긴 한데, 좀 전의 반응은 도무지 이해가 안 갔다.

"여자라서 그런가?"

여태 살면서 마황이 알고 지낸 여자라고는 다프네뿐이었다. 그녀도 가끔 원인 모를 화를 불쑥 내고는 했다.

"어렵군."

냉혹의 신전을 지으려면 뭔가 다른 방법을 강구해야 할 듯하다. 크루델리스가 골몰하며 일행을 따라 플랫폼을 나서는데, 걱정하는 수하들의 말소리가 이어졌다.

"폐하, 어쩌시려고 그러셨어요."

"내가 뭘?"

"스승님께서 밥을 안 주신다잖아요. 굶어도 괜찮으시겠어요?"

"굶기는 내가 왜 굶어?"

"그야 리타 양이 밥이 없을 거라고……."

"너희들 있잖아."

"예?"

"리타가 밥 안 주면 너희 거라도 먹으면 될 거 아냐. 명색이 마황인데 체면이 있지, 굶는 게 말이 돼?"

별 쓸데없는 생각을 다 한다는 듯 마황이 쯧 혀를 찼다. 잠시 어안이 벙벙하던 바르와 아몬은 약속이라도 한 듯 아고스를 돌아보았다.

'들었지?'

'내 밥은 절대 안 돼.'

둘의 기세는 조금 전과는 완전히 달라져 있었다. 인간계에선 좀처럼 볼 수 없었던 마계 서열 10위, 11위의 살벌한 눈빛이었다.

아고스의 얼굴이 저절로 구겨졌다.

실수는 마황이 저질렀는데, 왜 굶는 건 자신이란 말인가?

이게 바로 서열 꼴찌의 설움인가?

아무리 마계가 약육강식의 세계라지만, 이건 아니었다. 무언가 수를 내야만 한다.

'그래, 전에 데스 형님 때도 리타가 몰래 음식 갖다 바치면 용서하지 않을 거라고 했어. 이번에도 분명 으름장을 놓을 거야.'

리타의 협박은 무시무시했다. 그 협박을 제가 기대하게
될 거라곤 상상도 하지 못했는데, 일이 요상하게 굴러갔다.

차오르는 울음을 겨우 삼킨 아고스는 제발 자신을 이 악
의 구렁텅이에서 구원해 달라며 속으로 주신에게 열심히
빌고 또 빌었다.

4.

"보스트리지 남작가와 노예 시장 간에 연관성이 있을까
요?"

바율은 부러 기차역에서 제법 떨어진 곳에다가 숙소를
잡았다. 그도 이제는 유명 인사였기에 사람들이 많이 오가
는 장소는 피할 필요가 있었다. 변복 상태이긴 했지만, 행
여 누군가 알아봐 노예 시장 측에 말이라도 들어가면 어떤
변수가 생길지 몰랐다.

바율은 이번에 반드시 관련된 인물 전원을 잡아들여, 다
시는 피해를 보는 이들이 생기지 않게 할 작정이었다.

"라나사 양이 신경 쓰이십니까?"

"…아무래도 친구이니까요."

"도련님을 싫어해도 말이지요?"

"그게 저도 모르는 오해라든가, 뭔가 사정이 있을 수도 있잖아요."

처음으로 캐링스턴으로 향하던 날, 기차 안에서 마주쳤던 라나사는 왠지는 몰라도 서럽게 울고 있었다. 그리고 그런 라나사가 황궁에서 부모님과 함께 있을 때 바율이 느낀 건 경직된 어색함이었다.

무엇 하나 제대로 아는 것은 없지만, 그때마다 바율은 라나사가 측은하고 안 되어 보였다.

그녀가 자신을 친구라 여기고 있을지는 모르겠으나, 바율은 적어도 그리 생각하기에 보스트리지 남작가가 노예 시장과는 아무 관계가 없었으면 하고 바랐다.

"보스트리지 남작님의 정치 성향은 어느 쪽입니까?"

"흐음, 글쎄요."

이언은 바로 대답하지 못했다.

"굳이 따지자면 중립…… 으로 볼 수 있겠군요."

제국에서 정치 성향이라 함은 두 공작파로 나뉠 수 있었다.

란데르트 공작과 헥터 공작.

하지만 헥터가는 이제 후작가로 격하되었고, 요즘 그 자리를 채우고 있는 건 헥터 공작의 오른팔이었던 보이텍 후작이었다.

후작의 딸이자, 결혼 후에 황제의 총애를 더욱 듬뿍 받고 있는 후궁 카트린느는 현재 뱃속에 황가의 자손을 잉태 중이기도 했다.

그래서일까.

겉으로는 평온을 유지하고 있지만, 제국의 많은 귀족들이 촉각을 곤두세우고 있었다. 카트린느 후궁에게서 황자가 태어난다면 세력 판도에 엄청난 변화가 생길 것이 분명하기 때문이다.

엄연히 다음 대 보위를 이을 황태자가 존재하고 있지만, 그의 친모는 이미 죽었고 외가는 힘이 없었다. 그에 반해 보이텍 후작가는 아직 건재하며 가진 바가 많았다.

정치는 본래 줄을 잘 서야 했다. 뚝심과 의리로 연대를 공고히 하는 귀족들도 당연히 있긴 하지만, 양측에 발을 담근 채 애매하게 굴며 간을 보는 자들 역시 많은 게 현실이었다.

보스트리지 남작도 그런 자 중 한 명이었다.

"이런 때에 공작 전하께서 나서 주시면 좋을 텐데, 아시다시피 전하께선 신중하신 편이라서요. 선을 넘는다든지 하는 식으로 자극하지 않는다면 귀족들을 먼저 압박하지 않으십니다."

강한 힘을 갖고 있되 군림하지는 않는 자.

그것이 바로 란데르트 공작을 일컫는 말이었고, 그가 파벌에 관계없이 누구에게나 존경받는 이유였다.

똑똑.

"접니다."

바율이 이언과 한창 심각한 얘기를 논하고 있을 즈음, 동향을 살피러 갔던 만월 기사단이 돌아왔다.

"밖은 어떻지?"

안으로 들어와 예를 올리는 수하에게 이언이 물었다.

"변복을 한 자들이 적지 않습니다. 으슥한 골목에 인장이나 표식이 없는 고급 마차가 상당수 정차되어 있었습니다."

노예 한 명당 매겨지는 가격은 감히 일반 평민들이 상상조차 할 수 없는 금액이라고 들었다. 당연히 구매자는 부유한 귀족이나 상인일 수밖에 없다.

보통의 경우라면 거리낌 없이 신분을 드러냈을 테지만, 오늘만큼은 그럴 수 없었을 것이다. 돌아가는 순간까지도 철저히 자신을 숨기려 들겠지.

물론 바율은 그런 그들을 놓아줄 마음이 조금도 없었다. 노예 상인은 물론이고, 구매자들 전부 계급에 상관없이 모조리 잡아들일 참이었다.

"불법 거래 특성상 대리 참석자도 많을 겁니다. 괜한 위험을 무릅쓰고 싶지는 않을 테니까요."

"알고 있습니다. 그래도 의뢰인이 누구인지 밝히는 건 그리 어렵지 않을 거예요."

바율은 그것에 대비해서 미리 마황에게 부탁을 해 두었다. 그의 현혹이라면 누구라도 순순히 의뢰자의 이름을 내놓을 것이다.

"그럼 체류 기한 한 달 연장, 어때?"

덕분에 마황이 인간계에 머물 시간이 추가되었지만, 바율은 의외로 큰 고민 없이 금방 결정을 내렸다.

대리 참석자들의 입을 강제로 열게 하기보다는 현혹의 기술을 사용하는 쪽이 여러모로 나을 거란 판단이 들었기 때문이다.

게다가 그와 지내본 바, 생각보다 나쁜 이 같지는 않았다. 정령계에 대해 더 자세히 알 수 있어서 오히려 도움이 되면 되었지, 이렇다 할 피해를 본 적도 없었다.

"크리스 씨의 말을 믿을 수 있겠습니까?"

그는 마황이었다. 바율의 결정이니 어쩔 수 없이 따르고는 있으나, 이언은 여전히 마음을 완전히 놓기가 어려웠다.

"그가 거짓말할 이유는 없습니다. 그런다고 해서 얻어지는 게 없는걸요."

"그렇긴 합니다만……."

"이언 경께서 뭘 염려하시는지 압니다. 그래도 지금 당장
은 우선 노예 문제에만 집중해 주세요. 중요한 일이잖아요."

"네, 도련님. 알겠습니다."

그 때, 만월 기사단 중 한 명이 입을 열었다.

"움직이실 시간입니다."

"가시죠."

경매는 자정부터 시작한다고 했다. 수하의 말에 이언이
고개를 끄덕이며 바율과 함께 경매장으로 향했다. 그런 그
들을 마황과 데스가 약간의 거리를 둔 채 어둠 속에서 조용
히 뒤따랐다.

Chapter 10.
가면 속 얼굴

1.

노예 거래는 경매로 이뤄졌다. 어리고 예쁠수록 비싸게 팔리는 이유가, 바로 구매자들의 소유욕을 자극해서 경쟁을 부추기는 방식 때문이었다.

장소를 찾는 것은 어렵지 않았다. 한밤중에도 불이 꺼지지 않고 많은 이들이 찾는 곳, 개중에서도 가장 규모가 큰 도박장에서 오늘의 거래가 열릴 예정이었다.

초대장은 없으나 어차피 아는 자들만이 드나드는 장소였다. 시큰둥한 표정으로 룰렛을 몇 번 돌리던 사내가 주변의 눈치를 보다가 이내 화장실이라도 가듯 천천히 몸을 빼고 있었다.

바율은 그를 따라 이동했다. 좁은 통로를 꽤 긴 시간 지나자 지하로 이어지는 계단이 나왔다. 바율과 이언은 로브를 더욱 깊게 눌러 쓰고 조용히 아래로 내려갔다.

구불구불한 계단을 빙빙 돌 듯 얼마쯤 갔을까. 거대한 철문이 눈앞에 나타났다. 그리고 문지기처럼 그 앞을 가면 쓴 사내 여럿이 지키고 서 있었다.

"담보는?"

사내 중 하나가 대뜸 물었다. 이언은 템페스타가 알려 준 대로 대답했다.

"황금가지 열 개."

정확히는 모르겠으나 느낌상 황금가지는 가진 자산의 보유량을 의미하는 듯했다. 앞서 이곳을 통과한 자들은 저마다 황금가지를 앞에 두고 숫자만 달리 말했다고 한다. 지금껏 가장 큰 숫자는 아홉이었다.

"모시겠습니다. 부디 좋은 결과 있으시길 바랍니다."

사내의 말투가 단박에 정중하게 바뀌었다. 그가 이언에게 가면 두 개를 건네며 철문을 열라는 듯 턱짓했다. 곧바로 끼익 소리를 내며 두꺼운 철문이 열리고, 어두운 복도가 그들을 맞이했다.

바율과 이언은 가면으로 얼굴을 가린 채 무심히 복도를 걸었다. 그 복도의 끝에는 역시나 가면을 쓴 여인이 기다리고 있었다.

그녀는 별다른 말 없이 두 손으로 방향만 가리켰다.

대체 얼마나 더 걸어야 하지?

바율이 그런 생각을 하는 찰나, 눈앞에 별안간 원형의 무대가 나타났다. 그 무대를 중심으로 화려하게 세공된 금빛 의자 수십 개가 빙 둘러싼 모양새였다. 의자의 반 이상은 이미 주인이 있었다.

비어 있는 무대로 보아 아직 경매는 시작되지 않은 것 같았다. 바율은 가면 속에 가려진 눈으로 구매자들의 면면을 조심히 살폈다.

'응?'

그러다 맞은편 쪽에서 수상한 자를 발견했다. 이 공간에 있는 대개가 그렇듯 상대 역시 검은색 로브로 온몸을 가린 채였다.

하지만 다른 사람들에 비해 체구가 유난히 작고 왜소했다. 깡마른 이가 아니라면, 여자에게서 흔히 볼 법한 체격이었다.

그러나 바율의 눈을 사로잡은 것은 그런 게 아니었다.

후드의 아래로 조금 삐져나온, 붉은빛이 도는 황금색 머리카락. 가면 뒤로 언뜻 보이는 짙은 보라색 눈동자.

'라나사……?'

라나사가 여긴 대체 왜?

바율이 볼 수 있는 건 머리 색과 눈동자 색 정도가 다였다. 라나사를 한눈에 알아볼 수 있을 만큼 평소 둘의 사이가 가까운 편도 아니다. 다른 사람일 가능성도 충분히 있었다.

하지만 지금 이곳은 보스트리지 남작령이고, 그녀는 남작의 딸이었다. 바율의 직감이 눈앞의 저 사람은 라나사가 맞다 말하고 있었다.

"……?"

자길 바라보는 시선을 느낀 것일까. 라나사의 눈길이 바율에게로 향했다.

'날 알아보려나?'

눈이 마주치자 순간 철렁했지만, 바율은 이내 라나사가 자신을 몰라보리라고 확신했다.

바율은 로브와 가면으로 전신을 완벽하게 감싸고 있었고, 라나사처럼 로브 밖으로 삐져나올 만큼 머리칼이 길지도 않았다. 그리 희귀하지 않은 잿빛 눈동자 역시 정체를 숨기기에 더없이 적절했다.

다행히 라나사의 관심은 금세 다른 이들에게로 옮겨 갔다. 아주 잠시였지만, 그런 그녀의 눈빛에서 바율이 읽은 것은 혐오와 분노였다. 자신과 같은.

파핫!

그렇게 얼마나 있었을까.

비어 있던 의자가 전부 채워졌을 때쯤, 갑자기 실내가 예고도 없이 깜깜해졌다.

안 그래도 지금은 밤중인 데다, 여긴 꽤 깊게 파인 지하였다. 덕분에 곁에 있던 이언의 모습조차 보이지 않을 정도로 완전한 암흑 상태가 되었다.

하나 누구도 동요하지 않았다. 바율도 어깨를 움찔했을 뿐 아무런 소리도 내지 않았다. 물론 놀라지 않은 건 아니었지만, 지금은 다른 이들처럼 아주 익숙한 듯 행동해야 했다.

"안녕하십니까!"

언제 캄캄했던 적이 있기라도 했냐는 것처럼, 어둠은 금세 그 흔적을 감췄다. 별안간 무대가 환하게 밝아진 것이다. 그와 동시에 웬 남자가 엄청나게 높은 목소리로 인사하며 등장했다.

그도 신분을 드러내기는 곤란한 처지인 듯 의자에 앉아 있는 다른 이들처럼 가면을 쓰고 있었다. 다만 이목을 끌기 위해선지 그를 치장하고 있는 모든 것이 과할 만큼 화려했다.

수컷 공작새의 깃털로 만든 듯한 푸른색과 녹색이 어우러진 거추장스러울 정도의 큰 가면에다가, 머리에는 번쩍이는 분홍빛의 긴 가발을 늘어뜨리고 있었다.

목이며 팔은 물론, 하얀 장갑을 낀 손가락에도 갖은 보석들이 주렁주렁 달려 있었다.

"저희 경매장을 찾아 주신 여러분, 감사합니다. 제 이름은 트래쉬! 오늘 여러분들을 애타게 할 특상품을 소개하기 위해 머나먼 타국에서 한달음에 달려왔습니다! 아마 여러분도 직접 보시면 깜짝 놀라실걸요? 감히 말씀드리건대, 상품의 질이 정말이지 역대 그 어떤 때보다 대단하다 자신할 수 있습니다!"

상품이라고?

바율은 하마터면 욕지거리를 내뱉을 뻔했다. 노예 시장의 존재도, 노예가 어떤 취급을 받는지도 머리로는 알고 있었다.

하지만 직접 마주하니 역시 힘들었다. 노예 시장에서 노예는 인간이 아닌 그저 상품에 지나지 않는다는 사실을, 바율은 다시 한번 뼈저리게 깨달았다.

인간의 탈을 쓰고 이렇게까지 할 수 있다는 게 소름이 끼친다. 이들은 가족도 없단 말인가.

"자, 그럼 시작해 볼까요?"

트래쉬가 몇 걸음 물러나며 뒤를 돌아보았다. 그러자 그게 신호라도 된 듯 무대와 연결되어 있는 문이 열리며 누군가 걸어 나왔다.

"……!"

바율은 순간 자신의 눈을 의심했다.

고작 열, 혹은 열한 살 정도밖에 안 되어 보이는 여자아이였다. 그런 아이에게 속살이 훤히 비치는 하얀색 네글리제를 입혔다.

무대 중앙에서 겁에 질린 채 오들오들 떨고 있는 아이를 보자니 바율은 당장이라도 뛰어가 담요를 둘러 주고 싶었다.

한창 아무 걱정 없이 사랑받아야 할 어린아이가, 이런 곳에서 두려움에 떨고 있어야 한다는 사실이 믿기지가 않았다. 더 기다릴 것도 없이 다 뒤엎어 버리고만 싶었다.

하지만 아직은 이르다.

적어도 오늘 이 자리에 있는 모든 이들을 일망타진하고, 갇혀 있는 이들을 전부 구해 내려면 지금은 인내라는 게 필요했다.

꽉 움켜쥔 바율의 주먹이 부들거렸다.

"잘 참으셨습니다."

그런 바율이 대견하다는 듯, 이언이 들릴 듯 말 듯한 음색으로 칭찬했다. 딱딱한 말투가 그 역시 현재 기분이 어떠한지를 대충은 짐작할 수 있었다.

"시작가는 일만 쿠나입니다!"

뭐? 일만 쿠나?

바율은 어이가 없었다. 일만 쿠나면 일반 평민 가족이 1, 2년은 펑펑 돈을 쓰고 놀면서 생활하고도 남을 만한 거금이었다.

그런 큰돈이 겨우 시작가라는 사실에 기막혀하는데, 옆에서 누군가 외쳤다.

"이만."

"네, 이만 쿠나 나왔습니다! 그렇죠, 어디 가서 이렇게 뛰어난 품질의 상품을 구할 수 있겠습니까? 탁월하신 선택이십니다!"

"삼만!"

트래쉬의 말이 끝나기가 무섭게 아이의 가치는 삼만으로 껑충 뛰었다.

"이야! 오늘은 첫 시작부터 접전인데요? 역시 안목들이 대단하십니다!"

트래쉬는 신이 나서 더욱 크게 떠들었다.

"삼만 이상은 없으십니까? 하나, 둘, 셋. 그럼 삼만으로 낙찰하겠습니다!"

그렇게 아이의 몸값은 허무하리만치 가볍게 책정되었다. 두려움에 벌벌 떨며 눈물조차 흘리지 못하고 어디론가 질질 끌려가는 아이. 바율은 다시금 속에서 천불이 끓어올랐다.

그건 경매가 계속될수록 점점 더 심화되었다.

여기 있는 사람, 아니 짐승들은 다들 제정신이 아니었다. 새로운 노예가 소개될 때마다 달아오르는 주변의 분위기가 바율의 속을 후벼 팠다.

남색자를 위한 것인지 어린 소년도 둘이나 있었다. 녀석들은 겁을 잔뜩 집어먹고 있었지만, 정작 자신들이 처한 상황에 대해 잘 알지도 못할 만큼 어린 소년들이었다.

차라리 다행이었다. 그들이 뭘 깨닫기 전에, 이 악몽은 끝날 테니까.

경매는 어느새 끝을 향하고 있었다.

"와우! 드디어 오늘의 하이라이트! 진흙탕에서 발견한 진주를 소개할 시간이 왔군요! 상품 가치가 워낙에 뛰어난 만큼 시작가는 가볍게 십만 쿠나부터 가겠습니다! 자아, 진주 공주를 모십니다!"

트래쉬가 장황한 설명을 마치자 어깨와 가슴이 훤히 드러나는 붉은색 드레스를 곱게 차려입은 소녀가 양팔이 붙들린 채 무대 위로 올라섰다.

바율과 라나사 또래로 보이는 그녀는 특이하게 황금색의 길쭉한 천으로 양쪽 눈이 가려져 있었다. 그런 상태에서도 소녀는 대단한 미모를 자랑했다.

작고 갸름한 얼굴에 높게 솟은 콧날과 붉게 칠해진 알맞은 크기의 입술, 무엇보다 잡티 하나 없는 상앗빛 피부가 대번에 구매자들을 사로잡았다.

"이십만!"

"이십오만!"

"삼십!"

"오십만!"

마지막이기 때문일까. 이제껏 조용하던 이들까지 합세하면서 가격이 삽시간에 천정부지로 치솟았다.

바율은 몰랐지만, 노예 경매는 늘 마지막에 가장 화려한 상품을 내놓는 식으로 진행되었다. 대부분이 이 마지막을 위해 오는 거라 해도 과언이 아니었다.

치이익!

"꺄악!"

갑자기 트래쉬가 소녀의 드레스를 찢자 날 선 비명이 실내를 가득 메웠다.

"어떠십니까? 이 아름다운 살결 좀 보십시오. 천만 쿠나도 아깝지 않으실 겁니다!"

그렇게 말한 그는 마치 향을 맡듯 소녀의 몸에 얼굴을 들이대며 킁킁거렸다. 그녀는 당연히 질겁했지만, 양팔이 억압되어 있었기에 발버둥 치는 것 외에는 별다른 수가 없었다.

트래쉬가 제거한 건 소녀의 드레스 하단이었다. 일부러 쉽게 찢어지도록 제작이 되었던 듯 하얗고 길게 쭉 뻗은 다리가 구매자들의 군침을 돌게 했다.

바율은 진정으로 살심이 솟구쳤다. 예상을 못 한 건 아니지만, 저런 역겨운 행동을 계속해서 보고 있자니 생전 뱉어 보지도 않은 온갖 욕설들이 입에 아른거렸다.

스스로 전대 정령왕의 힘을 조절할 수 있어 다행이란 생각마저 들었다.

"백만."

트래쉬의 변태 같은 행동에 다들 낄낄거리며 정신이 나가 있던 그때, 누군가 차분하면서도 얼음장 같은 목소리로 말했다.

아무리 노예가 비싼 가격에 거래된다고 해도, 백만 단위까지 가는 경우는 드물었다. 자연스레 모두의 시선이 한곳으로 모였다.

'라나사.'

백만 쿠나라는 거액을 제시하며 소녀를 사겠다고 나선 건 다름 아닌 라나사였다. 여태 아무에게도 관심을 주지 않던 그녀가, 처음으로 입을 열어 자신의 의지를 드러냈다.

그러나 그녀의 앳된 음성 탓이었을까. 어쩌면 장소 특성상 남성들이 압도적으로 많은 이곳에 여성의 목소리가 들린 까닭일지도 몰랐다.

트래쉬는 물론 관계자들의 반응이 이전과는 달랐다. 누군가 가격을 부르면 '더 입찰하실 분 안 계십니까?'라고 물어야 하는 게 순서였다.

한데 그러기는커녕 저들끼리 라나사를 힐긋거리며 속닥거린다. 익숙하지 않은 고객 때문에 혼란이라도 온 모양이었다.

"더 없는 것 같은데, 진행하시죠?"

라나사의 서늘한 음성이 재차 실내 공기를 뒤흔들었다. 그녀는 얼른 이 역겨운 공간에서 탈출하고 싶다는 양 인상을 찌푸렸다.

"…백만 쿠나가 나왔습니다! 더 참여하실 분 없으십니까?"

"이백만."

"헉!"

트래쉬가 놀라는 소리와 표정이 모두에게 고스란히 전해졌다.

"헐! 오늘 무슨 날인가요? 갈수록 아주 흥미진진합니다!"

라나사가 이백만을 뱉은 사내를 노려보는 게 느껴졌다. 그녀가 고심하는 듯하더니 결국 입을 열었다.

"이백십만."

라나사에게 정말 저 정도 돈이 있는 걸까?

바율이 그런 쓸데없는 생각을 하는데, 사내가 경매가를 더 올렸다.

"삼백만."

"…삼백십만."

"오백만."

"오백십만."

"육백만."

제대로 경쟁이 붙었다. 오기로 따라가던 라나사가 입술을 깨무는 게 보였다. 이미 그녀가 감당할 수 있는 수준의 금액이 아니었다. 가면 속 그녀의 눈빛이 분노와 걱정으로 치닫다가 종국에는 미안함으로 번졌다.

소녀를 구해 주지 못한 데에서 오는 죄책감인 것 같았다.

"천만 쿠나."

라나사에게 소녀가 어떤 존재인지는 모르겠지만, 바율은 그녀를 돕기로 했다.

당연하게도 실제로 돈을 지불할 생각 따위는 없었다. 잠시 후면 어차피 몽땅 뒤집어엎을 곳이다. 다만 친구로서 잠시라도 라나사가 좌절하는 것을 그냥 방관하고 싶지 않았다.

경쟁하던 라나사와 사내의 시선이 동시에 바율에게로 꽂혔다.

너는 뭔데 끼어들어?

죽고 싶어?

말은 없지만, 그들의 눈빛에서 분명하게 압박이 전해졌다. 그러나 둘은 노려보기만 할 뿐, 천만 쿠나 이상을 부르지는 못했다. 라나사는 그 돈이 없을 게 뻔했고, 사내 또한 그 정도까지 투자할 의지는 없는 듯했다.

"처, 천만 쿠나! 역시 뭔가를 아시는 분입니다! 믿을 수가 없군요! 올해의 최고가를 기록하며 천만 쿠나에 낙찰되었습니다. 축하드립니다!"

트래쉬와 관계자들이 여태까지와는 달리 손뼉을 쳐 댔다. 쉽게 만져 보지 못할 거금을 손에 쥐게 생겼으니 그럴 만도 했다.

"그럼 낙찰자분들께서는 안내에 따라 이동해 주십시오. 이 트래쉬는 다음에 또 찾아뵙겠습니다!"

사내가 마지막 인사를 하자 무대의 불이 꺼지고 실내 전체가 점화되었다.

"나가시는 길은 이쪽, 저쪽, 편하신 곳으로 가시면 됩니다!"

금빛 의자에 앉아 있던 자들이 제각각 일어나 걸음을 옮겼다.

하지만 누구도 밖을 나설 수가 없었다. 어느 곳 하나 문이 제대로 열리지 않았기 때문이다. 단순한 고장쯤으로 여긴 관계자들이 문을 열기 위해 하나둘 붙어서 힘을 써 보았지만, 어째선지 돌덩이처럼 꼼짝도 하지 않았다.

그제야 사람들은 이상함을 감지하고 웅성거리기 시작했다. 다들 원래의 신분을 감추고 이곳을 찾았다. 대리인이라고 다르지 않다. 그들 역시 걸리면 처벌받기는 매한가지다.

처음 겪는 사태에 당혹한 무리를 보고 있자니 바율은 이곳에 온 뒤 처음으로 입가에 미소가 걸렸다. 그답지 않은 냉정하면서도 차가운 웃음이었다.

"이게 무슨 짓이야?"

"당장 문 열지 못해!"

거센 항의가 빗발쳤다. 서민들은 평생 만져 보지도 못할 거금을 아무렇지도 않게 툭툭 내놓던 이들이 지금은 완전히 겁에 질려 있었다. 가면에 가려 표정이 보이진 않았지만, 적어도 목소리에는 긴장한 기색들이 역력하다.

왜 아니겠는가.

가진 거라곤 돈과 권력뿐인 자들이었다. 그런 그들이 지켜야 할 건 그것들을 유지해 줄 수 있는 자신과 가문의 명예일 터.

제국에서 엄격히 금하고 있는 노예 시장에 발을 들였다는 것이 알려지기라도 하는 날엔 목숨보다 더 큰 뭔가를 내놓아야 할 자들이 대부분이었다.

"감히 수작을 부려?"

"너희가 정녕 죽고 싶은 게로구나!"

창! 차앙!

언성이 높아지고 검을 빼 드는 소리가 여기저기서 들려왔다. 장소가 장소이니만큼 수행원을 많이 데려오지는 못했으나, 저마다 실력 있는 호위가 한둘 이상은 붙어 있었다.

"고, 고객님들! 진정하십시오! 착오가 있는 것이 분명합니다!"

좀 전까지만 해도 무대 위에서 까불어 대던 트래쉬가 당황하며 소리쳤다.

"뭣들 하는 거야! 문이 안 열려? 그럼 그냥 다 부숴 버리면 되잖아!"

그의 호통에 우락부락한 덩치의 사내들이 발로 문고리를 차고 어깨로 문짝을 들이받는 등 즉각 행동에 나섰다.

하지만 나무로 만들어진 문은 흠집 하나 나지 않았다. 마치 보호 마법이 걸려있기라도 한 듯 조금의 흔들림조차 없었다.

"모두 물러서십시오!"

대장인 듯한 사내가 손님들을 향해 그리 외치고는 허리춤에서 도끼를 꺼내 들었다. 그는 망설임 없이 그것으로 힘차게 나무 문을 내리찍었다.

카앙!

그러나 예상과는 너무도 다른 소리가 실내를 싸늘하게 울렸다. 도끼로 나무를 찍었는데, 어째서 나무가 쪼개지는 소리가 아닌 쇠붙이끼리 부딪치는 듯한 금속성이 난단 말인가.

"끄악!"

더욱 황당한 것은 도끼를 내리친 사내가 돌연 고통을 호소하며 나동그라졌다는 점이었다. 그는 부러진 손목을 멀쩡한 다른 손으로 부여잡으며 신음을 토했다. 그런 그의 발밑으로는 두 동강이 난 도끼가 초라하게 널브러져 있었다.

"저런 병신 같은!"

잠시 기대했던 자신들이 한심할 지경이었다.

"비켜라!"

지체하는 시간이 길어질수록 조마조마한 건 모두가 마찬가지였다. 결국 안절부절못하는 주인들의 명령에 각각의 개인 호위들이 직접 나섰다. 그들은 도끼 든 사내가 어떻게 되었는지 눈앞에서 뻔히 보고서도 일체의 머뭇거림이 없었다.

사내와 자신들은 다른 부류라는 자만심에서 비롯된 행동이었다.

까앙!

"뭐, 뭐야?"

하지만 나무 문은 여전히 끄떡도 하지 않았다. 두꺼운 철문이라도 된 양 좀 전과 같은 쇳소리가 사위를 메웠다.

한 가지 다른 점이라면 최소한 도끼 사내처럼 볼썽사납게 쓰러지지는 않았다는 것이다. 그래도 입술을 질끈 깨무는 모습들이 찌르르한 통증을 애써 참고 있다는 게 보였다.

카앙! 캉!

검을 든 모든 이가 앞다투어 문을 내리쳤다. 창문 하나나지 않은 깊은 지하 공간에서 바깥과 통하는 길이라고는 오로지 나무 문뿐이었다. 여길 뚫어야만 이 묏 같은 곳을 탈출할 수 있었다.

그러나 계속해서 들려오는 쇠붙이 소리에 걱정만 늘 뿐, 그들이 원하는 상황은 쉽사리 찾아오지 않았다.

무언가 크게 잘못되었다.

욕설과 고성이 난무하며 혼란에 빠졌던 실내에 서서히 소음이 잦아들더니, 어느 순간 쥐 죽은 듯이 고요해졌다.

고립이란 두 글자가 절로 떠오르며 두려움이 몰려왔다.

초조하게 문 근처에서 서성이는 자, 머리를 부여잡고 괴로워하는 자, 손톱을 잘근잘근 물어뜯는 자 등 불안감을 표현하는 방법이 가지각색이었다. 모든 걸 기획한 바율로서도 보기가 딱할 정도였다.

"트래쉬! 안에 들리는가?"

그때, 기적같이 문 바깥에서 사람의 목소리가 들렸다. 경매가 끝나고 아무도 나오질 않으니 상대편 쪽에서도 이상했을 것이다.

"문! 문이 안 열려요!"

안도의 한숨도 잠시, 트래쉬는 물론 갇힌 사람들이 이구동성 외쳐 댔다.

딸깍. 딸깍.

"이, 이게 왜 안 열리지?"

그러나 문 반대편도 상황은 마찬가지였다. 당황한 음성에 이어 그쪽에서도 문짝을 부수려는 시도가 이어졌다.

"도련님, 아무래도 함정 같습니다."

바율의 우측에서 누군가 귓엣말로 소곤거렸다. 그 귓속말의 주인은 경매 막판에 라니시와 접전을 벌였던 인물이었다. 도련님이라 불리는 것으로 보아 어느 귀족가의 자제쯤 되는 모양이었다.

"도련님, 어떻게 하실 겁니까?"

이언도 바율에게 다가와 물었다. 그걸 들었는지 사내의 고개가 바율을 향했다. 가면 때문에 자세한 표정까지는 볼 수 없었지만, 그의 입꼬리가 씩 말려 올라가는 것 정도는 알 수 있었다. 바율을 자신과 같은 부류라 생각하는 듯했다.

'이런 상황에서도 웃음이 나?'

어느 댁 도련님이기에 함정이란 말을 듣고도 저리 태평할 수 있는지 바율은 순간 기가 찼다. 당장 저 가면을 벗겨 버리고 싶은 충동마저 일었다.

'셰임.'

바율은 서늘하게 가라앉은 눈빛으로 셰임을 불렀다.

그것이 시작이었다.

바닥을 뚫고 자연스럽게 나무뿌리가 솟아 나왔다. 그리곤 사람들이 미처 눈치채기도 전, 마치 뱀이 꿈틀거리듯 빠르고도 은밀하게 멍청히 서 있는 자들의 몸체를 스멀스멀 기어 올라갔다.

"으아악!"

"이, 이게 뭐야!"

비명을 내질렀을 땐 이미 늦었다. 그들 전부 본인의 의지로는 한 발자국도 움직일 수 없는 상태가 된 것이다. 아무리 몸을 비틀고 발버둥 쳐 봐도 소용없었다. 오히려 그럴수록 옥죄는 힘만 더욱 거세졌다.

겁먹은 얼굴로 사방을 살피던 사람들이 기이한 점을 발견한 건 그때였다.

"너…… 뭐야?"

바율을 보며 웃었던 사내. 여유가 넘쳐흘러 보이던 그가 이제는 짜증이 가득 서린 목소리로 바율을 향해 물었다.

그래, 이상하겠지.

다들 움쩍달싹 못하게 묶여 있는데 바율과 이언만이 온전했으니까.

그러나 그가 약간만 더 주의를 기울였다면 속박에서 자유로운 이가 둘이나 더 있다는 것을 알아차렸을 것이다.

바로 라나사와 붉은 드레스의 소녀.

마지막 '상품'으로 무대에 올랐던 소녀 역시 문이 잠기는 바람에 미처 실내를 빠져나가지 못했다. 그런 그녀의 곁에는 어느덧 라나사가 다가가 있었다. 불안에 떨리는 손을 꼭 잡아 준 채로.

하지만 의문스러운 시선만은 바율에게 고정되어 있었다.

씨익.

바율은 부러 보란 듯이 사내를 향해 미소를 지어 보였다.

지금 기분이 어떻습니까?

아직도 이 상황이 웃기십니까?

바율이 꼭 그렇게 묻는 것 같아서 가면 속 너머 사내의 안면이 딱딱하게 굳어졌다.

"이야압!"

사내의 호위가 기합성과 함께 셰임의 포박을 풀어냈다. 엄청난 공을 들인 것까지는 아니었지만, 쉽게 빠져나온 걸 보니 보통의 실력자는 아닌 듯했다. 아마도 오러를 운용할 줄 아는 기사이리라.

그렇다는 건 사내의 신분 또한 그저 그런 수준은 아닐 거라는 것을 방증하는 바이기도 했다.

삭! 삭!

기사는 몇 번의 베기만으로 제 주인을 나무뿌리에서 해방시켰다.

"…무슨 짓이지?"

사내에게서 억눌린 음성이 새어 나왔다.

실제로 그는 감정을 가라앉히려 부단히도 노력하는 중이었다. 저 잡것을 당장 죽이라 명령하고 싶은 걸 겨우 참는 이유는, 돌아가는 모양이 뭔가 이상했기 때문이다.

가면을 쓰고 있어서 짐작일 뿐이지만, 체구나 목소리를 들어 보았을 때 상대는 그저 나이 어린 애송이 같아 보였다. 문제는 그 애송이가 마법을 좀 다룬다는 점이었다.

"어디서 이따위 장난질이야? 이런 잡기로 감히 내게 덤벼?"

잠시 기분 전환이나 할 겸 나온 자리에서 해괴한 일을 맞닥뜨린 바람에 사내의 기분은 과히 좋지 못했다.

"하는 꼴을 보아하니, 저 문도 네놈 짓이렷다?"

그렇다면요?

바율이 별다른 말 대신 턱을 치들자 사내가 익숙하다는 듯 명령했다.

"당장 열어. 죽고 싶지 않으면."

콰앙!

사내의 요청이 끝나기가 무섭게, 여태껏 굳게 닫혀 있던 문이 전부 활짝 열렸다. 그토록 바라던 장면이건만 그 순간 사람들이 느낀 감정은 모순적이게도 공포였다.

"허헉!"

밖에서 끈질기게 문을 열려 노력했던 이들은 안의 상황을 보고 놀란 숨을 들이마셨다. 저 나무뿌리가 갑자기 어디서 튀어나온 것인지 어리둥절하기만 했다.

그 와중에 그래도 정신을 차린 이가 후닥닥 어디론가 뛰어가는 모습이 잡혔다. 아마도 윗선의 누군가를 데려오기 위해서일 터였다.

바율이 친히 문까지 열어 줬음에도 사내는 전혀 나갈 기미가 보이지 않았다.

"처리하겠습니다."

그러자 그의 충성스러운 수하가 검을 곧추세우며 바율을 향해 몸을 날렸다.

날 베려는 건가?

오러를 다루는 실력자가 다가오는 것을 보면서도 바율은 심상하기만 했다. 이제는 이런 위협들이 전혀 겁나지 않았다.

곁에 이언이 있어서만은 아니었다.

전대 정령왕의 기운을 점점 각성하게 되면서 마음이 담대해진 게 아닐까, 홀로 추측할 뿐이었다.

까앙!

당연히 정체불명의 기사는 바율의 근처에도 오지 못했다. 그와 이언의 검이 허공에서 맞붙었다.

"크억!"

그 단순한 일 합으로 상대는 날아오던 속도보다 더욱 빠르게 뒤로 퉁겨 나갔다. 벽에 머리를 크게 찧으며 통성을 내뱉은 기사는 어디가 부러지기라도 했는지 다시 일어서지 못했다.

사내의 눈동자가 요동쳤다. 그도 그럴 것이, 그의 수하는 이처럼 단 일 수에 제압될 수가 없는 존재였기 때문이다.

일련의 상황에 사람들은 눈만 껌벅거린 채 숨을 죽이고 있었다. 무어라 섣불리 한마디 했다간 자신들도 똑같이 벽에 처박힐 것만 같았다.

"모두 가면을 벗어 주시겠습니까?"

그런 그들에게 무척이나 예의 바른 말투로 바율이 청했다.

스스슥―

그들을 옥죄고 있던 나무뿌리는 이미 조금씩 제자리로 돌아가고 있었다. 어차피 이런 게 아니어도 그들을 잡을 방법은 넘치게 많았다. 그저 본격적으로 나서기 전에 조금 겁을 주고 싶었을 뿐이다.

"가면을 벗어 주십시오."

바율은 다시 한번 또박또박 힘주어 말했다. 하지만 누구 하나 선뜻 그러지 못했다. 그들에게 지금 이 자리에서 가면을 벗으라는 건 사형 선고나 마찬가지였다. 아니, 어쩌면 그보다 더 잔인한 요구일지도 몰랐다. 체면과 수치라는 게 있기에 가면을 쓰고 있었던 그들이지 않은가.

바율의 반듯한 미간에 주름이 그어졌다.

"제 말이 들리지 않으시나 봅니다."

바율의 말이 끝남과 동시에 별안간 지면이 흔들렸다. 그러더니 흡사 지진이라도 난 것처럼 비닥 전체가 울렁거렸다.

"으아아아!"

한쪽에서는 갑자기 솟아난 불기둥에 사람들이 괴성을 지르며 엉덩방아를 찧었다.

똑. 똑.

차가운 느낌이 전해져 고개를 젖히니 천장에서는 물이 떨어지고 있었다.

"이, 이게 대체 무슨……!"

겁에 질린 사람들에게 사신과도 같은 바율의 음성이 전해졌다.

"다들 가면을 벗기 힘들어 보이시니, 제가 도와 드리죠."

마지막은 템페스타가 나설 차례였다. 녀석이 실내를 한 바퀴 빙 돌자 엉거주춤하고 서 있던 이들은 제 얼굴을 가리던 가면뿐 아니라, 몸을 감추고 있던 로브까지 전부 빼앗겼다.

드러난 민낯에 당혹해하는 표정들이 참으로 가관이었다. 개중 단연 눈에 띄는 이는 바율을 보며 웃었던 사내였다.

"카셀 폰 보이텍. 보이텍 후작의 장남이자 황제 폐하의 처남이십니다."

이언의 목소리는 크지도 작지도 않았다. 하지만 모두의 귀에 똑똑하게 들렸다.

황제의 처남.

그를 보는 사람들의 얼굴에 놀람과 경악 등 여러 감정이 떠올랐다.

"훗."

카셀은 또 웃고 말았다.

"재수도 없지. 이렇게 들킬 줄이야."

혼잣말처럼 중얼거렸지만, 모든 눈이 그에게 집중해 있었다. 거물도 너무 거물이다. 같은 죄를 짓고서도 괜한 두려움에 절로 어깨가 움츠러들었다.

"이쯤 했으면 너도 얼굴을 까는 게 어때?"

"그럴까요?"

바율은 굳이 마다하지 않았다. 먼저 로브의 후드를 벗었다. 그리고 손을 올려 천천히 가면을 벗었다.

"라, 란데르트⋯⋯!"

바율을 보고 놀라지 않은 건 라나사가 유일했다. 사람들은 카셀의 정체가 드러났을 때보다 더욱 충격적인 얼굴로 입을 다물지 못했다.

열일곱 살의 나이로 황제에게 직접 관직과 작위를 하사받은 제국의 위대한 첫 번째 정령사.

상상조차 하지 못했던 바율의 등장에 다들 그만 얼이 나갔다.

〈다음 권에 계속〉

4컷 만화

결정적 차이

라피트는 어떻게 로건 흉내를 내고 다니는 거지?

그러게?

아무리 얼굴이 닮았다고 해도 분위기가 다른데.

걔는 좀… 난리법석이잖아.

흥

그 녀석도 할 땐 하니까.

각 잡고 있으면 점잖고 무게감있지.

……

……

애 라피트다! 잡아!!

후다닥

악!!

어떻게 알았지!?

그 녀석의 진심

선배…, 제 어디가 그렇게 별로인가요?

라나사

저 얼굴도 꽤 잘생겼는데….

…하아.

웃기지 마. 귀찮게 하지 말고…

너무한 거 아닙니까!?

!?

저는…

씨익

진심으로…

씨익

진심으로 제가 잘생겼다고 생각한다고요!!

꺼져라 좀….

물과 불

이노센트 (퀸 흉내)

뻣뻣

푸핫

완전 똑같아!!

꼬맹이 너 잘한다? 나도 해볼래?

아하하

나는 머리가 짧아서 아마 잘라야 할 걸?

으하학

누가 한대?

『제왕록』, 『무림에 가다』 시리즈의 작가 박정수
그가 거침없는 현대 판타지로 돌아왔다!

『신화의 전장』

주먹을 믿지 마라.
우리가 살아가는 이 땅에 인간을 벗어난 자들이 존재한다.

★
dream
books
드림북스

E이탄
TAN

ORIGINAL FANTASY STORY & ADVENTURE

쥬논 판타지 장편소설

〈흡혈왕 바하문트〉, 〈샤피로〉, 〈하라간〉을 잇는
쥬논의 사대신수 시리즈, 그 마지막 이야기!

혹독한 훈련을 받고 가문을 위한 희생양으로서
다른 차원으로 보내진 이탄.
듀라한으로 다시 태어난 그는 신관이 되어
본래 세계로 돌아갈 방법을 찾기 시작한다.

dream books
드림북스

사도연 판타지 장편소설

ORIGINAL FANTASY STORY & ADVENTURE

『용을 삼킨 검』, 『신세기전』 사도연 작가의 신작!

『두 번 사는 랭커』

러 차원과 우주가 교차하는 세계에 놓인 태양신의 탑, 오벨리스크.
그리고 그곳에 오르다 배신당해 눈을 감아야 했던 동생.
모든 걸 알게 된 연우는 동생이 남겨 둔 일기와 함께
탑을 오르기 시작한다.

dream
books
드림북스

환생왕

ORIENTAL FANTASY STORY & ADVENTURE

요도/김남재 신무협 장편소설

정체를 알 수 없는 세력들에 의해
비참한 최후를 맞이한
천룡성(天龍城)의 후계자 천무진.
그런 그에게 찾아온 또 한 번의 삶.
그리고 그를 돕기 위해 나타난 여인 백아린.

"이번엔…… 당하지 않는다."

이젠 되돌려 줄 차례다.
새로운 용이 강호를 뒤흔든다!

dream★books
드림북스

DREAMBOOKS★